Marion Döbert

Papierkind

Roman in Einfacher Sprache

Schwierige Wörter oder Ausdrücke sind <u>unterstrichen</u>. Die Erklärungen stehen in der Wörter-Liste am Ende des Buches.

Inhalt

Abfahrt

„Achtung! Achtung!", dröhnt es aus den
Lautsprechern.
„Sicherheits-Hinweis:
Lassen Sie Ihr Gepäck nicht alleine stehen!
Im Bahnhof befinden sich Taschendiebe."

Menschen drängen aus den Zügen.
Andere laufen ihnen entgegen.
Gepäckwagen hupen. Kinder schreien.

Und ich stehe hier. Mitten im Bahnhof.
Im Nordbahnhof von Paris.
Im *Gare du Nord*.

Ich bin angekommen.
Angekommen in meinem Paris.
Angekommen am Ziel meiner Träume.
Aber es war ein langer Weg.

Es ist immer ein langer Weg:
Bis du weißt, wer du bist.
Bis du weißt, was du willst.
Bis du endlich deine Träume verwirklichst.

Aber wer denkt schon an seine Träume,
wenn die Welt zusammenbricht?

Wenn alles kaputt geht.
Wenn der Boden unter deinen Füßen wackelt.

Dann hast du keinen festen Halt mehr.
Dann glaubst du an nichts Gutes im Leben.
Dann glaubst du nicht an dich.
Oder an deine Träume.
Wenn du keinen festen Halt hast,
dann hast du nur Angst.
Oder Wut. Oder Hass.
Oder Schuldgefühle.
Und sonst gar nichts.

So war das bei mir.
Bis mir eines Tages ein Mensch begegnet ist.
Ein ganz besonderer Mensch.
Ein Mensch, der mich versorgt hat:
mit Büchern,
mit Seiten aus Papier,
mit Papier voller Geschichten.
Ab da wurde alles anders.

Doch ich will alles von Anfang an erzählen.
Deshalb steige ich noch einmal ein.
In den Zug, zurück in die Vergangenheit.
Dahin, wo alles angefangen hat.

Abfahrt!

Das Geräusch

Ich sitze am Tisch in unserem Kinderzimmer.
Eigentlich ist der Tisch nur eine lange Platte
am Fenster.
Sie reicht von der einen Wand bis zur anderen.
Deshalb können wir beide daran sitzen.
Meine Schwester und ich.

Ich sitze an dem Tisch und male.
Ich male unser Haus.
Ein Haus, das wir nicht haben.
Aber für mich ist jede Familie wie ein Haus.

Ich male unser Haus mit einem Garten
und einem Baum.
In dem Haus wohnen meine Eltern, meine
Schwester und ich.
Ich male und denke an nichts.

Plötzlich höre ich ein dumpfes Geräusch.
Ein Geräusch, das ich nicht zuordnen kann.
Ein unangenehmes Geräusch.
Kein Knall, kein Zischen, kein Krachen.
Nein, es ist wie ein Geräusch,
das man nicht hören soll.
Ein dumpfes Geräusch.
Es ist wie ein Kissen auf einem Geräusch.

Vielleicht habe ich mich einfach nur verhört.
Bestimmt habe ich mich verhört.
Da war gar nichts.
Gar nichts war da.

Ich tue so, als hätte ich nichts gehört.
Ich male weiter.
Aber vorsichtshalber male ich noch einen Engel.
Einen Schutz-Engel:
Der soll aufpassen, auf unser Haus.
Er soll uns beschützen.
Unser Zuhause.

Die Wand

Meine Schwester ist älter als ich.
Sie geht zur Schule und kann schon lesen.
Ich finde Lesen langweilig.
Ich will mit ihr nach draußen und spielen.
Aber sie liest.
Micky-Maus-Hefte.
Seitdem sie liest, ist es anders geworden,
zwischen ihr und mir.

Eigentlich ist meine Schwester nur zwei Jahre
älter als ich.
Aber seitdem sie lesen kann,
wird sie jeden Monat viel schneller älter.
Seitdem sie liest, ist sie uralt.
Sie redet wie die Erwachsenen:
„Sei ruhig!"
„Stör mich nicht!"
„Lass mich in Ruhe!"
„Geh nach draußen spielen!"

Hätte meine Schwester doch nie lesen gelernt!
Dann würde sie jetzt mit mir zusammen malen.
Aber sie liegt nur auf dem Bett und liest.

„Hast du das gehört?", frage ich sie.
Keine Antwort.

Ich male dem Engel blaue Flügel.

„Hast du das gehört?", frage ich sie wieder.
„Was?", fragt meine Schwester.

Sie hört mich nicht.
Sie will mich nicht hören.
Irgendwas ist in diesen bunten Heften.
Irgendwas, was meine Schwester entführt.
Die bunten Hefte klauen mir meine Schwester.
Und sie tut nichts dagegen.
Sie hört kein dumpfes Geräusch
in unserer Wohnung.
Sie sieht nicht, wie schön mein Bild ist.
Sie hört mich nicht sprechen.
Sie liest.

Nur nachts nicht.
Nachts sehe ich meine Schwester.
Im Licht der Straßenlaterne.
Die Laterne leuchtet von draußen in unser Zimmer.
Durch den Spalt der Gardine.
Dann sehe ich meine Schwester neben mir
im Bett liegen.
Sie bohrt mit dem Zeigefinger in der Wand.

Die Tapete hat sie abgerissen.
Stück für Stück.

Die sandige Wand darunter liegt frei.
Wie kleine Stellen von einem Strand.
So sieht das aus.
Von einem Strand,
irgendwo da draußen,
an einem Meer.
Weit weg von unserem Haus.
Von unserem Haus,
das eigentlich nur eine Mietwohnung ist.

Eine Mietwohnung mit Balkon.
Aber auf den Balkon dürfen wir nicht.
Weil er abbrechen könnte.
Denn das Haus ist alt.
Alles ist marode, alles verfällt:
Der Beton ist alt.
Die Glas-Bausteine sind locker.
Im Boden sind Risse.

„Die Risse können zu Löchern werden",
sagt unser Vater.
Und dann könnten wir nach unten stürzen.
Abstürzen!
Deshalb dürfen wir auf keinen Fall nach draußen,
nach draußen auf den Balkon.

Aber meine Schwester will nach draußen.
Deshalb bohrt sie nachts Löcher in die Wand.

Immer tiefer dreht sie ihren Zeigefinger in die
sandige Wand.
Wenn der Sand an ihrem Finger ist,
dann leckt sie ihn ab.

Meine Mutter fragt:
„Wer bohrt die Löcher in die Wand?"
„Ich nicht", sagt meine Schwester.
„Ich auch nicht", sage ich.

Nie im Leben würde ich meine geliebte
Schwester verraten.
Auch nicht jetzt, wo sie schon so alt ist,
weil sie immer nur liest.

„Was steht da?", frage ich meine Schwester.
„Lass mich in Ruhe, ich will lesen."
„Ich lass dich in Ruhe,
wenn du mir sagst, was da steht?"

„*Ploff!* steht da", sagt meine Schwester.
„*Ploff*?", frage ich. „Was ist das?"
„Nerv mich nicht!
Das ist gerade spannend."

„Was ist spannend?", frage ich.
„Und was ist *Ploff*?
Und warum ist *Ploff* spannend?"

Ich hänge an ihren Lippen.
„Lern doch selber lesen!", sagt sie ärgerlich.

Ich male noch eine Sonne über das Haus.
Und dann nehme ich mir vor:

Ab morgen lerne ich lesen!

Lesen

Nach der Schule legt sich meine Schwester wieder
aufs Bett.
Aber sie liest diesmal nicht in den bunten Heften.
Sie liest in einem Buch.
Das muss anstrengend sein.
Denn meine Schwester hat Falten auf der Stirn.

Das Buch ist viel zu dick.
Es sieht langweilig aus.
Nur der Umschlag gefällt mir.
Zwei Mädchen sind darauf.
Sie lachen.

„Liest du ein Buch über uns?“, frage ich
meine Schwester.
„Nein!“, antwortet sie. „Über Hanni und Nanni.“
„Wer sind die?“, frage ich meine Schwester.
Und dann frage ich weiter:
„Warum hast du Zeit für die und nicht für mich?“

Plötzlich sieht meine Schwester ganz wild aus.
Wild und durcheinander.
Und sie schreit:
„Weil ich die ganze Scheiße hier nicht mehr
hören will!“
Das schreit meine Schwester.

Und dann schreit sie noch einmal:
„Dieser ganze Mist hier!
Das ist doch alles Scheiße!"

Ich bekomme Angst.
Ihre Augen sind so dunkel.
Ihre Lippen zittern.
Und auch ihre Hände.
So kenne ich meine Schwester nicht.

„Es tut mir leid", sage ich ganz leise.
Und ich muss heulen.

„Du doch nicht", sagt meine Schwester.
„Du bist doch nicht die Scheiße.
Du kannst doch nichts dafür."

„Wofür?", heule ich jetzt noch lauter.
Ich habe furchtbare Angst.
Weil ich nichts verstehe.

„Ach, komm!", sagt meine Schwester.
Ihre Stimme ist jetzt ruhiger.

„Komm her!
Guck mal:
Das sind Tick, Trick und Track.
Das sind drei Enten.

Aber die sind so wie Menschen.
Die haben einen Onkel.
Der heißt Donald. Donald Duck."

Dabei blättert meine Schwester in einem der Hefte.
Sie zeigt mir die Bilder.
Jede Seite besteht aus vielen, bunten Bildern.
Und bei den Bildern sind Kreise und Sterne mit
Buchstaben.
Meine Schwester liest mir vor.
Dabei hält sie mich im Arm.

Die Enten kommen ganz oft auf den Bildern vor.
Der Onkel auch.
Und noch ein anderer Onkel: Dagobert Duck.
Der badet am liebsten in seinem Geld.
Dann macht es *ploff* oder *zack* in den Bildern.
Das ist, wenn was Tolles passiert.
Oder was Schlimmes.

„Steht da *ploff*?", frage ich meine Schwester.
„Ja, woher weißt du das?", fragt sie zurück.
„Weil Donald die Tür vor den Kopf bekommen hat",
sage ich.
„Und vorher auch.
Und da hast du *ploff* vorgelesen."

In diesem Moment schlägt unsere Wohnungstür zu.

So laut, dass wir beide zusammenzucken.
So laut, wie wir sie nie zuschlagen dürfen.
Bestimmt haben es alle Nachbarn gehört.

Alle haben es gehört.
Unten gehen Wohnungstüren auf.
Alle fragen sich, was hier los ist.
Hier oben, bei uns.
Alle sind zusammengezuckt.
Vor allem meine Schwester und ich.

„Was war das?", frage ich meine Schwester.
„Hast du das gehört?"
„Na klar, Kleene", sagt sie und nimmt mich
in den Arm.
„War ja nicht zu überhören.
Papa hat nicht aufgepasst.
Da ist ihm wohl die Tür aus der Hand gerutscht.
Bestimmt ist ihm nur die Tür aus der Hand gerutscht.
Ploff hat es dabei gemacht.
Kennst du doch aus den Micky-Maus-Heften."

Aber ich kann darüber nicht lachen.
Ich drücke mich im Bett enger an meine Schwester.

Unser Bett ist eigentlich ein Schrankbett.
Wenn es hochgeklappt ist, haben wir ein
Kinderzimmer.

Wenn das Bett unten ist, ist unser Zimmer
nur ein Bett.

Ich lege den Arm von meiner großen Schwester
um mich.
Ich kuschel mich an sie.
Ich schlafe ein.

In der Nacht werde ich wach.
Weil sie wieder den Sand aus der Wand kratzt.
Weil sie wieder den Sand aus der Wand ableckt.
Wie ein Tier seine Wunden.

Sonntags

Sonntags ist es immer am schönsten zu Hause.

Unsere Eltern schlafen lange.
Und damit wir sie nicht stören,
schicken sie uns in die Kirche.

Wenn wir keine Lust auf Kirche haben,
dürfen wir ins Kino.
Zurzeit läuft dort Bambi.
Ein Zeichen-Trickfilm.
Bambi ist ein Reh,
das viele Abenteuer erlebt.

Kino dauert länger als Kirche.
Das gefällt unseren Eltern.
Dann haben sie mehr Zeit,
für ihr Bett.

Wenn wir nach Hause kommen,
duftet es nach Essen.

Sonntags kocht unser Vater.
Mit Schürze und Kochbuch:
Ungarisches Gulasch,
Kartoffel-Klöße, Rotkohl.
Das kann er am besten.

Zum Nachtisch gibt es Pudding.
Vanille-Pudding mit Schokoladen-Soße.
Alles selbst gemacht. Nichts aus der Tüte.

Unser Vater freut sich. Weil er kochen kann.
Und weil es uns allen schmeckt.

Für den Nachmittag macht unser Vater
einen Hefe-Teig.
Für Kuchen oder für Dampf-Nudeln.
Das sind Hefe-Klöße.
Süße Klöße, die in Wasserdampf garen.
Dabei werden sie größer und größer.
Dann warte ich immer darauf,
dass sie nicht mehr in unsere Küche passen.
Aber unser Vater hat alles im Griff.
Die Dampf-Nudeln serviert er mit Vanille-Soße.

Danach dürfen wir *Fury* sehen.
Unsere Eltern küssen sich in der Küche.
Im Radio singt Drafi Deutscher:
„Marmor, Stein und Eisen bricht,
aber unsere Liiiiiiiiebe nicht."

Sonntags ist es immer am schönsten zu Hause.

Nein!
Sonntags *war* es immer am schönsten.

Die Schule

Es gibt ein Foto von meinem ersten Schultag.
Auf dem Foto reiße ich meinen Mund ganz weit auf.
Wie ein Kind mit Heiß-Hunger.
Mit Hunger auf alles.
Auf alles, was da kommt.
Ich umarme meine Schultüte.
Ich umarme meinen Tornister.
Ich bin so stolz:
Ich bin jetzt ein Schulkind!

Meine Lehrerin ist die schönste Lehrerin der Welt.
Sie bringt mir das Schreiben bei.
Das Schreiben auf schönem, weißem Papier:
Striche, Schleifen, Kreise,
Punkte, kleine Haken, große Haken.

Die Linien im Heft sind mir heilig.
Kein Buchstabe darf zu groß sein.
Oder zu klein.
Jeder gehört an seinen Platz.
Jeder Buchstabe bekommt das,
was die Linien ihm erlauben.

Wenn die Tinte verschmiert,
ist alles verdorben.
Dann fange ich von vorne an.

Dann schreibe ich alles wieder neu.
Beschriebenes Papier ist für mich
wie ein gemaltes Bild.
Alles soll schön sein.
Nichts soll stören!

Im dritten Schuljahr schreibe ich alles.
Alles, was man nur schreiben kann:
Zettel für Mama und Papa.
Oder für meine Schwester.
Briefe an den Weihnachtsmann.
Briefe an den lieben Gott.
Später dann Liebesbriefe,
an einen Jungen aus meiner Klasse.

Meine Zeugnisse sind gut. Sehr gut!
Sie werden stolz in der Familie herumgezeigt.
Meine Schwester sagt:
„Siehste, Kleene:
Jetzt gehst du auch bald auf die Realschule."

Das dachten alle.
Alle dachten damals:
Alles ist gut.

Ich bin auch auf die Realschule gekommen.
Aber es gab Vorzeichen,
dass alles anders werden würde.

Böse Vorzeichen gab es:
Die Risse im Balkon.
Das dumpfe Geräusch.
Das Knallen der Tür.

Irgendwas stimmt nicht.
Bei uns zuhause.

Der Bügel

Unser Vater kommt neuerdings erst spät
nach Hause.
Wenn meine Schwester und ich schon im Bett liegen.
Wenn unsere Mutter schon den Abwasch
gemacht hat.
Wenn die Tauben im Hof nicht mehr gurren.
Wenn nichts mehr zu hören ist, da draußen.
Wenn nichts mehr zu hören ist,
in unserer Wohnung.

Fast wären wir eingeschlafen.
Aber dann hören wir die Schritte im Treppenhaus.
Seine Schritte.
Der Schlüssel dreht sich in der Tür.
Unser Vater betritt die Wohnung.
Meine Schwester zieht sich die Decke
über den Kopf.
Ich nicht. Ich lausche.
Ich atme fast nicht.
Damit ich besser hören kann.

Seit dem dumpfen Geräusch damals,
seitdem hören meine Ohren besonders gut.
Sie hören nicht nur.
Sie fühlen.
Sie spüren.

Ich spüre mit meinen Ohren.
Ich spüre zwischen der Ruhe die Unruhe.
Zwischen den Gesprächen die Untertöne.
Das, was nicht wirklich ausgesprochen wird.
Ich spüre zwischen dem Schweigen das Verborgene.

Ich höre und spüre alles:
Alles, was ich nicht verstehe.
Alles, was mir unheimlich ist.
Alles, was mir Angst macht.

Meine Eltern sprechen leise.
Oder gar nicht.
Das ist am schlimmsten.
Weil ich dann nichts anderes höre.
Nur das Rauschen in der Öl-Heizung.
Wenn die Zündung von der Heizung anspringt,
zucke ich zusammen.

Meine Schwester streicht leise über die Wand.
Ich höre ihr Bohren in dem harten Sand.
Ich sehe ihren Finger.
Wie er in dem Loch verschwindet.
Wie in einer kleinen Höhle.
Sie leckt ihn ab. In ihrem Versteck.

Ich taste mit meiner Hand zu ihr hin.
Ihr Nacht-Hemd ist ganz feucht.

Ich lege meine Hand auf ihren Bauch.
Sie weint. Zum ersten Mal.
Zum ersten Mal weint meine große Schwester.

Vielleicht wegen der Sache mit dem Bügel?

Vor ein paar Wochen war das.
Ich erinnere mich an den Tag noch ganz genau:

Wir werden von der Schule aus
nach Hause geschickt.
Zwei Lehrer sind krank.
Der Unterricht fällt aus.

Meine Schwester und ich werfen die Tornister
ins Kinderzimmer.
„Mama kommt erst um vier Uhr",
sagt meine Schwester.
„Und Papa kommt sowieso wieder spät."

Endlich können wir alles tun,
was wir sonst nicht dürfen.
Im Küchen-Schrank sind die Süßigkeiten.

Wir holen uns vier Pralinen raus.
Köstliche, kleine, süße Stücke.
Sie zerschmelzen auf der Zunge.
Wie Sahne-Eis.

Unsere Eltern werden es nicht merken.
Wir nehmen ja nur vier Stück.
In der Packung sind noch ganz viele.

Wir setzen uns ins Wohnzimmer.
Meine Schwester legt eine Schallplatte auf.

Wir essen die Pralinen und hören das Lied:
Zwei kleine Italiener.
Dabei singen wir laut mit:
„... die kaaaamen aus Napoli ...“

So wunderbar laut singen wir mit.
So laut, dass wir die Wohnungstür nicht hören.

Plötzlich steht unser Vater im Zimmer.

„Was ist denn hier los?“, schreit er.
Sein Gesicht ist ganz rot.
Er schlägt meiner Schwester gegen den Kopf.
Der Kopf von meiner Schwester kippt nach vorne.
Und dann wieder nach hinten.

Ich renne ins Bad.
Ich habe nicht einmal Zeit,
das Licht anzumachen.
Ich setze mich auf den Klodeckel.
Der Raum ist ganz schwarz.

Durch die Tür höre ich Schritte.
Ich höre Schritte, die rennen.
Ich höre einen Schlag.
Dann wieder Rennen.
Etwas fällt um.
Ein Stuhl?

„Nicht mit dem Bügel!",
schreit meine Schwester.
Sie läuft durch die Wohnung.
Mein Vater hinterher.

Mein Vater schlägt sie doch wohl nicht?
Doch wohl nicht mit dem harten Kleiderbügel?
Meine dünne Schwester?

So dünn ist sie, dass alle sagen:
„Das arme Kind.
Nur Haut und Knochen."

Wie kann ein Vater seine zitter-dünne
Tochter schlagen?
Wegen zwei Pralinen?
Die anderen zwei habe ich ja gegessen.
Und wegen einem Lied,
über zwei kleine Italiener aus Napoli?

Ich bete. Ich bete in diesem dunklen Bad:

„Lieber Gott,
mach, dass er ihr nicht weh tut!
Mach, dass er sie nicht kriegt!
Mach, dass der Bügel zerbricht!"

Das war das erste Mal in meinem Leben:
Das erste Mal, dass ich mir vor Angst in die Hose
gemacht habe.
Betend auf dem Klodeckel in unserem Bad.
In unserem Zuhause.
An dem der Schutzengel
einfach vorbeigeflogen war.

Nachts, unter der Bettdecke,
taste ich nach meiner Schwester.
„War es schlimm?", frage ich sie.
Meine Schwester lacht nur.
Aber sie lacht mit einer kalten Stimme.
Und sie sagt:
„Nix hat er mir getan.
Der Bügel ist kaputt gegangen."

Nudeln

Abends betet unsere Mutter immer noch mit uns:
„Abends, will ich schlafen gehn,
14 Engel um mich stehn.
Zwei zu meinem Kopfe.
Zwei zu meinen Füßen.
Zwei zu meiner Linken.
Zwei zu meiner Rechten ..."

Wir erzählen ihr nicht,
dass die Engel uns inzwischen völlig egal sind.
Wir erzählen ihr nicht,
dass meine Schwester Zigaretten raucht.
Wir erzählen ihr auch nicht,
dass meine Schwester mich daran ziehen lässt.
Wir erzählen ihr nicht,
dass wir uns mit Jungs treffen.
Einer war sogar schon mit seiner Hand
unter dem Pullover,
von meiner Schwester.
Das würden wir ihr nie erzählen.

Meine Schwester ist immer noch
ein Knochen-Gestell.
Aber inzwischen ist sie ein Knochen-Gestell
mit einem weißen, weichen Busen.
Das mögen die Jungs.

Wir haben angefangen zu lügen.
Weil das vieles leichter macht.
Jedenfalls haben wir angefangen,
bestimmte Sachen einfach nicht mehr zu erzählen.
Warum sollen wir unsere Mutter damit belasten?
Die hat schon genug Ärger mit unserem Vater.

Jeden Tag machen wir uns das Essen selber warm.
Meine Schwester und ich. Mittags, nach der Schule.
Die Töpfe stehen dann auf dem Gasherd.
Daneben liegt immer ein Zettel:

Macht euch das Essen warm!
Gas ausmachen nicht vergessen!
Hausaufgaben ordentlich machen!
Ich kontrolliere heute Abend.
Seid brav! Ich hab euch lieb.
Mama

Manchmal schafft sie es nicht,
für den nächsten Tag zu kochen.
Dann stehen Brote für uns im Kühlschrank.
Auf dem Tisch liegt neben dem Zettel ein Geldstück.

Brote sind im Kühlschrank.
Kauft euch was Süßes.
Ich hab euch lieb.
Mama

Unser Vater kocht sonntags schon lange nicht mehr.
Und unsere Mutter ist zu müde dazu.

Wir sagen nicht mehr *Mama* und *Papa*.
Wenn wir über sie sprechen.
Papa heißt jetzt nur noch *der Alte*.
Jedenfalls für meine Schwester.
Seit der Sache mit dem Bügel damals.
Mama heißt jetzt *unsere Mutter*.

Unsere Mutter packt uns sonntags ins Auto.
Dann fahren wir in ein Lokal.
Auf der Leucht-Reklame steht:

Heute bleibt die Küche kalt.
Wir gehen in den Wienerwald.

Gegrillte Hähnchen gibt es in dem Lokal.
Ein herrlicher Duft ist das!
Knuspriges Fleisch auf dem Teller. Lecker!

Unsere Mutter muss nicht kochen.
Wir müssen nicht beim Abwasch helfen.
Und der Alte weiß nicht, wo wir sind.
Genauso wenig wissen wir,
wo er die Sonntage verbringt.

Im *Wienerwald* ist für uns die heile Welt.

Menschen sitzen zufrieden an den Tischen.
Es gibt Servietten.
Alle freuen sich auf das Essen.
Und keiner wirft es dem anderen in die Fresse.

So wie an dem Tag damals bei uns zuhause.
Wie an dem Tag damals mit den Nudeln.
Das ist schon lange her,
aber ich erinnere mich genau:

An dem Tag kommen wir von der Schule
nach Hause.
In der Wohnung riecht es nach Tomatensoße.
Nach frisch gekochter Tomatensoße.

Unsere Mutter begrüßt uns lachend:
„Ich konnte heute früher gehen.
Da habe ich uns was Leckeres gekocht.
Ab ins Bad!
Hände waschen!
Und dann ran an den Tisch!"

Das lassen wir uns nicht zweimal sagen.

Wir werfen die Tornister ins Kinderzimmer.
Wir waschen uns die Hände.
Und, zack!
Sitzen wir schon am Küchentisch.

Unsere Mutter schüttet die Nudeln in ein Sieb.
Der Dampf schlägt sich am Fenster nieder.
Ich male mit dem Finger ein Gesicht an die Scheibe.
Ein Lachgesicht mit großem Mund.

Unsere Mutter kippt die Nudeln in eine Schüssel.
Sie vermischt die Nudeln mit der Soße.
Sie füllt den Teller von meiner Schwester.
Dann meinen.
Als sie ihren eigenen Teller in die Hand nimmt,
steht der Alte plötzlich in der Tür.
Unsere Mutter wird steif wie ein Besenstiel.
Meine Schwester beugt sich schnell über den Teller.
Und hält sich ihre Ohren zu.

Unsere Mutter stellt noch einen Teller auf den Tisch.
Sie setzt sich hin und fängt an zu beten:
„Herr im Himmel, sei unser Gast …"

Ich starre auf das Lachgesicht.
Auf das Lachgesicht an der Fenster-Scheibe.
Die Tropfen zerlaufen.
Sie laufen nach unten.
Das Lachgesicht weint.

„Was ist das schon wieder?", schreit der Alte.
„Schon wieder Nudeln!
Nudeln mit Soße oder Soße mit Nudeln.

Kannst du auch mal was Anständiges kochen?"

Unsere Mutter steht auf.
„Was Anständiges?", fragt sie.
Ihre Augen sprühen Funken.
„Wovon denn?
Von welchem Geld soll ich denn was
Anständiges kochen?
Von dem Geld, das du mit deinen
Weibern verjubelst?"

Unser Vater bekommt ein rotes Gesicht.
Die Ader an seiner Stirn wird ganz dick.
Und dann nimmt er die Schüssel.
Er wirft sie mit voller Wut gegen die Decke.

Jetzt halte auch ich mir die Ohren zu.

Ich sehe die Nudeln von der Decke tropfen.
Auf die Küchenlampe.
Auf die Haare meiner Mutter.
Auf die Bank, auf der wir sitzen.

Unsere Mutter rennt weinend aus der Küche.
Unser Vater knallt die Tür hinter sich zu.

Seit der Sache mit den Nudeln,
werde ich oft nachts wach.

Aber nicht im Bett, sondern meistens vor
einem Wasserhahn:
in der Küche, an der Spüle,
oder vor dem Waschbecken im Bad.
Ich stehe dann da und werde wach.
Und das Wasser läuft aus dem Wasserhahn.
Ich weiß nie, wie ich hierhin gekommen bin.
Ich weiß nicht, wer den Hahn aufgedreht hat.
War ich das?

Seit der Sache mit den Nudeln
schreie ich oft im Schlaf.
Oder ich werde wach,
wenn ich im Schlaf rumlaufe.
Ich werde wach von dem Wasser,
das läuft und läuft.

Hausaufgaben

Meine Schwester und ich sind im Kinderzimmer.
Wir machen Hausaufgaben.

Besser gesagt:
Ich versuche, Hausaufgaben zu machen.
Denn ich komme nicht mehr mit. In der Schule.
Ich blicke nicht mehr durch.

Am Anfang war es noch schön.
Auf der Realschule.
Aber jetzt ist mir Schule egal.

Ich habe keine Ruhe.
Keine Zeit mehr für Schule.
Ich muss auf andere Sachen aufpassen.
Hier.
Bei uns zu Hause.
Ich muss wachsam sein.
Aufpassen, dass keiner abhaut.
Aufpassen, dass unsere Mutter nichts merkt
von meiner Schwester und den Jungs.
Aufpassen, dass der Alte nicht durchdreht.
Aufpassen, dass ich meinen Papa nicht verliere.
Aufpassen, dass unsere Mutter nicht zerbricht.
Dass Mama nicht weint.
Aufpassen, dass keiner den anderen schlägt.

Meine Schönschrift ist schon lange
nicht mehr schön.
Ich glaube auch nicht mehr
an die Klarheit und Ordnung von Linien
und Kästchen.
Ich weiß nicht mehr, wie Lernen geht.
Schule ist so unwichtig geworden.
Lernen ist eine Qual!

Wenn meine Mutter mit mir lernt,
dann verläuft jedes Mal die Tinte.

„Streng dich doch an!
Guck richtig hin!"
Zack!
Ein Schlag an den Hinterkopf.
Nicht brutal.
Eher hilflos.
Aber es sitzt.

Ich starre auf die Zahlen.
Die Zahlen verschwimmen.

„Sei doch nicht so begriffsstutzig!"
Ich denke über das Wort nach.
Begriffsstutzig.
Ich verstehe das Wort nicht.
Aber ich fühle, dass ich schlecht bin.

Eine Träne fällt auf das Heft.
Die Zahl darunter wird größer.
Wie unter einer Lupe.
Meine Träne liegt auf der Zahl.
Wie eine Kugel aus Wasser.
Was für ein schönes Bild!

Aber die Tinte zerläuft.
Zack! Der nächste Schlag.
„Was hast du denn jetzt wieder gemacht?"
Meine Mutter sagt:
„Du bist nicht mehr zu retten."

Es ist früh am Abend.
Nachher wird sie die Aufgaben noch einmal prüfen.

Unsere Eltern gehen ins Schlafzimmer.
Früher waren unsere Eltern immer glücklich
im Schlafzimmer.
Früher, wenn wir im Kino waren.

Jetzt gehen sie immer ins Schlafzimmer,
um zu reden.
Das Schlafzimmer ist am weitesten weg.
Am weitesten weg vom Kinderzimmer.

Das dumpfe Geräusch!
Da ist es wieder!

Ich stoße meine Schwester an.
„Jetzt hast du das doch auch gehört, oder?"

Ich sehe meine Schwester bittend an.
„Kannst du mal hingehen und nachsehen?"

Wieder ein dumpfer Schlag.
Ja! Ein Schlag ist das.
Ein dumpfer Schlag.
Weil das Schlafzimmer so weit weg ist
vom Kinderzimmer,
deshalb ist es ein dumpfes Geräusch.

Meine Schwester holt eine Zigarette aus
dem Turnbeutel.
Sie steigt auf die Tischplatte.
Sie macht das Fenster auf und steckt sich
eine Kippe an.

„Lass die sich doch umbringen!", sagt sie.
Und bläst den Rauch nach draußen.

Voller Panik renne ich ins Schlafzimmer
meiner Eltern.

Meine Mutter liegt unter ihm.
Er hat ihre Haare in der Hand.
Er zieht an ihren Haaren.

Er zieht immer fester.
Ihre Nase blutet.
Die Nase von Mama.

Als sie mich sehen,
dreht sich mein Vater weg.
Meine Mutter sagt erschrocken:
„Geh zurück in dein Zimmer!
Papa tut mir nichts."

Meine Mutter hat was an den Augen abbekommen.
Sie schwellen an.
Sie werden so dick,
dass sie zum Not-Arzt muss.
Noch in derselben Nacht.

Im Kinderzimmer sitzt meine Schwester
am Fenster.
„Komm, Kleene.
Trink mal!
Dann geht es dir besser."
Ich trinke scharfes Zeug.
Irgendeinen Schnaps.
Ich ziehe an der Zigarette.
Immerhin:
Ich muss nicht heulen.

Der Brief

Am nächsten Morgen habe ich Kopfschmerzen.
In der Mathe-Stunde wird mir schlecht.
Ich fühle mich so schlecht.
Nicht wegen dem Schnaps und der Zigarette.

Ich fühle mich schlecht, weil wir lügen.
Alle zusammen sind wir Lügner und Betrüger.

Meine Mutter, weil sie sagt, der Alte tut ihr nichts.
Unser Alter, weil er was mit anderen Weibern hat.
Meine Schwester, weil sie mit Jungs knutscht.
Und ich, weil ich keinem erzähle,
dass ich Angst habe.
Und dass ich nachts wach werde.
Von dem Wasser, das aus dem Wasserhahn läuft.
Und dass ich dann nicht mehr einschlafen kann.
Weil meine Füße so kalt sind.
Oder weil meine Schwester weint.
Oder weil sie Nacht für Nacht in der Wand bohrt.

Der Lehrer ruft mich auf.
Ich muss an die Tafel.
Ich sehe die Zahlen an der Tafel vor mir.
Ich suche nach einer Antwort.
Nach irgendeiner Antwort, die mich retten kann.
Aber ich habe nicht einmal die Frage verstanden.

Schule ist für mich wie ein anderes Land.
Ein Land, in dem man eine fremde Sprache spricht.
Ein Land, in dem man viel zu schnell spricht.
Schule ist für mich wie ein Film geworden.
Ein Film, der im falschen Tempo läuft:
Viel zu schnell.

Eines Tages bekomme ich einen Blauen Brief.
Den soll ich meinen Eltern geben.

Meine Mutter ist sehr aufgeregt,
als sie den Brief liest.
„Deine Versetzung ist in Gefahr.
Mathe: sechs. Englisch: fünf.
Geschichte: fünf. Chemie: fünf.
Beteiligung am Unterricht: fünf.

Sie schreiben, dass du das nicht mehr
aufholen kannst.
Du sollst runter von der Realschule.
Zurück auf deine alte Schule."
Meine Mutter sieht mich an.
„Wie konntest du mir das antun?"

Ich kann meiner Mutter nicht in die Augen sehen.
Genau diesen Satz hat sie immer im Schlafzimmer
gerufen. Zu meinem Vater.
Immer wieder hat sie gerufen:

„Wie konntest du mir das antun?
Wie konntest du mir das antun?"
Und dann immer lauter:
„Ich hasse dich! Ich hasse dich!"
Bis zu dem dumpfen Geräusch.
Danach war es meist still.

Meine Mutter bettelt in der Schule:
„Das Kind kann doch nichts dafür.
Bitte geben Sie ihm noch eine Chance!"

„Mit diesen Zensuren ist da nichts zu machen."
Der Lehrer sieht aus wie ein Magenkranker.
„Sie wird es nicht schaffen.
Wo doch auch zu Hause alles durcheinander ist.
Wie Sie ja selber sagen.
Ihr Mann unterstützt Sie nicht.
Sie müssen selber das Geld verdienen."
Meine Mutter unterbricht ihn:
„Aber ich tue doch alles ..."

Er winkt mit der Hand ab und sagt voller Mitleid:
„Eine Frau alleine kann das nicht schaffen.
Das wissen Sie doch selber am besten.
Es ist besser, Ihre Tochter verlässt unsere Schule."

Damit schiebt er die Papiere auf dem
Tisch zusammen.

Dann sieht er zur Tür.
Meine Mutter nimmt mich an die Hand.
Und zieht mich nach draußen.

Ein halbes Jahr darf ich noch auf der Schule bleiben.
Ein halbes Jahr noch mit meinen Freundinnen
zusammen sein.
Dann soll ich zurück auf die alte Schule.
Ohne meine Freundinnen.
Ohne meine Schwester.

Die Schreibmaschine

Zu Hause wird alles immer weniger.

Unsere Mutter bügelt keine Oberhemden mehr.
Im Wäschekorb sind keine Männerunterhosen.
Der Füller von meinem Vater liegt nicht mehr auf
dem Tisch.
Nicht mehr auf dem Tisch neben seiner
Schreibmaschine.
Mein Vater hat nie geschrieben.
Ich habe ihn nie schreiben sehen.
Aber er war so stolz.
Auf seinen schönen Füller und auf seine
Schreibmaschine.
Und auf sein kostbares Schreibpapier.

Als wir von der Schule nach Hause kommen,
stehen unsere Eltern im Flur.

„Papa will sich von euch verabschieden",
sagt unsere Mutter.
Und dann sagt sie mit einer fast feierlichen Stimme:
„Euer Vater zieht aus."

Das ist nicht wahr!
Lieber Gott, das ist doch nicht wahr!
Ich sehe erschrocken zu meiner Schwester.

Meine Schwester steht da.
Wie ein Brett.

Unser Vater will meine Schwester umarmen.
Die dreht sich weg und geht ins Kinderzimmer.
Ohne ein einziges Wort zu sagen.

„Warte!", rufe ich zu meinem Vater.
„Geh noch nicht!
Warte!
Bitte!
Bitte!"

Ich suche unter unserer Tisch-Platte.
Ich wühle zwischen Heften und alten Schulbroten.
Ich suche nach dem harten, kleinen Metall.
Ich muss es finden!
Endlich fühle ich das kleine Ding.
Ich drücke es meinem Vater in die Hand.

„Das habe ich für dich gemacht.
Zu Weihnachten!"
Ich schlucke.
Weil es kein Weihnachten mehr geben wird.

Im Kunst-Unterricht haben wir <u>emailliert</u>.
Ich habe für ihn einen Aschenbecher gemacht.
Rot gebrannt.

Mit weichen Linien aus hellen Farben.
Wie Zeichen, die sagen: Ich habe dich lieb.

Ich habe mir so viel Mühe damit gegeben.

Mein Vater nimmt mich in die Arme.
Er drückt sein Gesicht in meine Haare.
Ich rieche seine Haut.
Ich rieche seinen Bart.
Ich sehe seine Ohren.
„Geh nicht weg!", will ich sagen.
Aber ich flüstere nur:
„Vergiss nicht deine Schreibmaschine."

Am nächsten Tag gehe ich zum Schreibtisch.
Nur ein dunkles Viereck ist zurückgeblieben.
Da stand seine Schreibmaschine.
Drum herum ist das Holz ganz hell.
Verblichen von Sonne und Licht.
Nur das Vier-Eck da ist dunkel geblieben.

So dunkel sah das Holz einmal aus.
Früher.
Als wir noch nicht geboren waren.
Meine Schwester und ich.
Wären wir doch nie auf diese Welt gekommen!

Wäsche

Meine Schwester wartet nach der Schule auf mich.
Wenn ich noch Turnen habe oder Religion.
Unsere Mutter will nicht,
dass ich alleine nach Hause gehe.

Wir kürzen den Weg immer ab.
Über den Friedhof.
Das dürfen wir nicht.
Aber meine Schwester sagt: „Egal!"
Egal ist ihr Lieblingswort geworden.

Wenn ich sie frage,
ob Papa vielleicht wieder zurückkommt,
dann sagt sie: „Der Alte ist mir egal.
Soll ihn doch der Teufel holen!"

Ich bin kein kleines Kind mehr.
Aber bei dem Wort Teufel,
da zucke ich noch immer zusammen.

Wenn ich meine Schwester frage, was sie mal
werden will, dann sagt sie:
„Ist mir scheißegal.
Hauptsache weg hier!"
Weg?
Nicht sie auch noch!

„Du bleibst doch bei mir?", frage ich leise.
„Kleene, das ist mir alles scheißegal", sagt sie.
„Du machst das auch ohne mich."

Was ist dieses *das*?
Welches *das* soll ich auch ohne sie machen?
Ich frage sie nicht.
Ich traue mich nicht.
Seitdem meine Schwester so häufig *egal* sagt,
seitdem halte ich lieber meine Klappe.

Hinter dem Friedhof ist unsere Straße.
Hier kenne ich alle Kinder.
Und alle Eltern von den Kindern.
Und die Omas und Opas von den Kindern.
Hier sind wir zu Hause.
Auch, wenn Papa jetzt weg ist.

Der Alte sage ich nur,
wenn ich mit meiner Schwester über ihn rede.
Wenn ich an ihn denke,
dann denke ich an *Papa*.

Wie jeden Tag kommen wir aus der Schule.
Meine Schwester schließt die Wohnungstür auf.
Wir bringen die Schultaschen ins Kinderzimmer.
Meine Schwester geht in die Küche.
Sie macht das Essen auf dem Herd noch einmal warm.

Ich gehe ins Wohnzimmer.
Wie ein Magnet zieht es mich immer wieder an:
das dunkle Viereck auf dem Schreibtisch.
Jeden Tag sehe ich danach.

Ich streiche über das dunkle Holz.
Ganz zärtlich streiche ich darüber.
Und manchmal rieche ich daran.
Oder ich lecke an dem Holz.
Als ob es die Haut von Papa wäre.

Plötzlich sehe ich die Wäsche auf dem
Wohnzimmertisch.
Zwei ordentliche Stapel.
Es ist saubere Wäsche.
Einige Teile sind ganz neu:
Unterwäsche, Socken, Röcke, Hosen, Pullover.

Zwei Stapel gibt es auf dem Tisch.
Zwei Stapel, die genau gleich sind.
Genau abgezählt. Links und rechts.

Der einzige Unterschied sind die Namens-Schilder.

In jedem Wäschestück sind Namen eingenäht.
In dem linken Stapel mein Name.
In dem rechten Stapel der Name von meiner
Schwester.

Ich laufe in die Küche.
Meine Schwester sieht an meinem Gesicht,
dass sie sofort ins Wohnzimmer kommen muss.

Sie greift nach einem der Pullover.
Sie liest ihren Namen.
In den Socken.
In den Unterhosen.
In den Taschentüchern.
Auch in einem ganz neuen Turnbeutel.
Überall steht ihr Name. Oder meiner.

„Und jetzt?", frage ich.
Sie zuckt mit den Schultern.
„Keine Ahnung!" Dann sagt sie:
„Egal. Wir müssen jetzt erst mal was essen."
Ich bin so froh,
dass es meine große Schwester gibt.

Am späten Nachmittag sagt unsere Mutter:
„Ich kann nicht mehr alleine für euch sorgen."

Ich sehe meine Schwester erwartungsvoll an.
Genauso sieht sie zu unserer Mutter.

„Ihr kommt in ein Internat.
In ein Kloster-Internat.
Die Nonnen dort werden sich um euch kümmern."

Ich sehe zu meiner Schwester.
Ihr Gesicht steht voll und ganz auf Katastrophe.
Als unser Vater gegangen ist,
war ihr das ganz *egal*.
Aber jetzt.
Das hier.
Das ist wie Silvester rückwärts:
Die Böller gehen nicht nach oben.
Die schlagen bei uns ein!
Jetzt, hier, mitten in unser Wohnzimmer!

Meine Schwester schreit:
„Ich gehe da nicht hin!"
„Ich auch nicht", sage ich leise.
Weil ich bei ihr bleiben will.

Unsere Mutter sieht elend aus.
Aber sie redet ohne Pause.
Es ist wie der Film in der Schule.
Er läuft zu schnell für mich.
Ich höre nur einzelne Worte:

„... Großstadt ... zwei Mädchen ... Pubertät ... kein
Geld von eurem Vater ... als Frau alleine ... auf die
schiefe Bahn kommen ... keine andere Wahl ... ich
habe euch doch lieb ..."

Am schlimmsten ist es, wenn Mama weint.

Als der Alte sie geschlagen hat,
da hatte sie immer noch Kraft.
Sie war laut.
Sie hat sich gewehrt.
Sie hat manchmal auch zurückgeschlagen.
Sie ist zum Jugend-Amt gegangen.
Sie hat die Kinder bekommen.
Das Sorgerecht.
Das Recht, alleine für ihre Kinder zu sorgen.
Das Recht, sich ganz alleine Sorgen zu machen.
Um ihre beiden Mädchen.

Aber jetzt.
Wie sie hier zwischen der Wäsche sitzt und weint.
Da nimmt meine Schwester sie in ihre Arme
und sagt:
„Wir schaffen das schon, Mama."

Abreise

In der Schule geben wir den Brief mit unserer
Abmeldung ab.
Meine Schwester knutscht ein letztes Mal.
Auf dem Friedhof mit ihrem Freund.
Ich stehe Schmiere.

Ich bin froh, dass ich aufpassen soll.
Dann denke ich wenigstens nicht an die Abreise.
Und daran, dass ich sitzengeblieben bin.

„Sitzenbleiber, Kartoffelreiber!",
Das haben die Kinder gerufen.
Auf dem Schulhof.
Weil ich sitzengeblieben bin.
Weil ich zu dumm bin.
Weil ich jetzt nichts mehr werden kann,
in meinem Leben.
Nur noch Aushilfe in der Küche.
Kartoffeln reiben. Oder so.

Ich sehe nach meiner Schwester.
Ich bin froh, dass ich aufpassen soll.

Am Bahnhof gibt es eine Sammel-Station.
Für alle Kinder, die nicht mit dem Auto
gebracht werden. In dieses Internat.

Wir warten mit unserer Mutter auf den Zug.
Ich habe keine Ahnung, wo wir hinfahren.
Meine Schwester sagt nur:
„Ist mir scheißegal!"

Nach fünf Stunden Fahrt holt uns eine Nonne ab.

Fünf Stunden, in denen ich immer wieder unsere
Mutter sehe:
Wie sie auf dem Bahnsteig steht.
Wie sie erst lacht und winkt.
Wie sie dann läuft.
Wie sie immer schneller neben unserem Zug herrennt.
Wie sich ihr Lachen dabei verzerrt.
Wie sie läuft und dabei aussieht wie ein
verzweifelter Clown.

Ich sehe mich selbst:
Wie ich winke und lache.
Um es ihr leichter zu machen.
Und ich sehe, wie alles zerreißt:
mein und ihr und unser Herz.

Die Zelle

Die Nonne lacht freundlich,
als sie uns abholt.
Aber als wir im Internat ankommen,
werden wir getrennt.

Meine Schwester kommt in ein anderes
Gebäude als ich.
Ich komme zu den Kleinen.
Zu den Kindern der 5. und 6. Klasse.

Die Nonne bringt mich in einen Schlafsaal.
In dem hohen Raum sind 30 Zellen untergebracht.
Eine Zelle besteht aus drei Holzwänden.
Nach oben hin offen.
Die vierte Wand ist ein weißer Vorhang.

In der Zelle ist ein Bett.
Und ein kleiner Nachtschrank.
Sonst nichts.

Meine Wäsche ist in einem Schrank auf dem Flur.
Aber ich weiß nicht, wo meine Schuhe sind,
mein Briefpapier, meine Schulsachen ...

Die Nonne zeigt mir, wo der Waschraum ist.
Ein Waschbecken ist neben dem anderen.

Es gibt keine Abtrennung.
Die Nonne zeigt mir,
wo meine Zahnbürste ist.

Sie haben meine Koffer ausgepackt.
Ich war nicht dabei.
Sie haben einfach alles eingeräumt.
Auch mich.

In der Nacht kann ich nicht einschlafen.
Ich höre die Schritte der Nacht-Schwester.
Ich sehe die Falten von dem Vorhang.
Ganz gerade sind sie.
Wie Gitterstäbe.
Hier liege ich.
Schuldig.
Bestraft.

Weil ich als Kind auf diese gott-verdammte Welt
gekommen bin.

Vorschriften

Ich lerne, wie ich mich zu verhalten habe:
Ich muss auf die Knie gehen,
wenn mir die Schwester Oberin begegnet.
Ich darf erst wieder aufstehen,
wenn sie vorbei gegangen ist.

Ich lerne die Kleider-Vorschriften:
Keine langen Hosen.
Keine kurzen Röcke.
Keine Blusen oder Pullis mit kurzen Ärmeln.
Die Hälfte der Sachen aus meinem Koffer
kann ich vergessen.
Hosen dürfen wir nur mit Rock oder Kleid
darüber tragen.
Damit komme ich mir vor wie eine Schlampe.

Ich lerne, die Zeiten einzuhalten:
6.00 Uhr Aufstehen.
7.00 Uhr Frühstück.
8.00 Uhr Schule.
13.00 Uhr Mittagessen.
14.00 – 16.00 Uhr Freizeit.
16.00 – 18.00 Uhr Silentium.

Silentium heißt: Schweigezeit.
Da sitzen wir in einem großen Klassenraum.

Und machen Hausaufgaben.
Unter Aufsicht.

Wir dürfen nicht miteinander sprechen.
Wir dürfen nicht nebeneinander sitzen.
Jedes Mädchen hat seinen eigenen Tisch mit Stuhl.
Wie bei einer Prüfung. Jeden Tag!

Wer fertig ist, bekommt Zusatz-Aufgaben.
Wer die Zusatz-Aufgaben fertig hat,
darf in einem Buch lesen.

Um 18.00 Uhr ist Abendessen.
Um 19.30 Uhr gehen wir ins Bett.
Um 20.00 Uhr wird das Licht ausgemacht.

Ich lerne, die Zeiten einzuhalten.
Weil ich keine andere Wahl habe.

Die Kleinen dürfen das Internat nicht verlassen.
Nur die Großen haben Ausgang.

Ab 16 Jahre darf man ins Dorf gehen.
Von 14.00 bis 16.00 Uhr.

Meine Schwester darf ins Dorf.
Dann versteckt sie ihren Minirock,
unter ihrem Mantel.

Den todschicken Rock,
aus braunem Wildleder.

Im Dorfcafé zieht sie sich um.
Auf dem Rückweg geht es dann umgekehrt.

Die Jungs im Dorf sind ganz süß.
Hat mir meine Schwester auf dem Schulhof erzählt.
Ich darf nur ins Dorf, wenn ich zum Zahnarzt muss.

Essen gibt es im Refektorium.
Das ist der große Speisesaal.

Ganz vorne sitzen die Kleinen.
In der Mitte die Mittelgroßen.
Ganz weit hinten die Großen.
Das sind die Oberschülerinnen vom Gymnasium.

Zum Internat gehören Realschule und Gymnasium.
Im Speisesaal sind alle zusammen.

Meine Schwester sehe ich nur im Refektorium.
Oder auf dem Schulhof.
Aber da ist sie meistens auf dem Raucherhügel.
Für die Kleinen ist der Hügel verboten.

Wir winken uns manchmal im Speisesaal zu.
Ich von vorne. Sie aus der Mitte.

Ich möchte so gerne zu ihr hinlaufen.
Aber das ist verboten.

Meine Schwester sieht kein bisschen traurig aus.
Sie lacht mit den anderen aus ihrer Gruppe.
Meine Schwester muss nicht mehr lange
zur Schule gehen.

„Klasse 10, und dann hau ich ab."
Das sagt sie immer wieder.
Wie ein Gebet wiederholt sie diesen Satz.
„Ich werde mein eigenes Geld verdienen.
Danach ist mir alles scheißegal."

Und ich?
Ich muss erst mal das Schuljahr wiederholen.
Und dann kommen noch die ganzen anderen Jahre.
Das ist wie lebenslänglich.
Lebenslänglich hinter Klostermauern.

Hass

Das Internat ist ein Haus für reiche Töchter.
Meine Schwester und ich haben Freiplätze.
Die Reichen geben Geld für zwei Freiplätze im Jahr.
Für Kinder von Eltern, die wenig Geld haben.

Ich dachte immer, Reiche gibt es nur im Märchen.
Mit meinen Klamotten von C&A ist sofort klar:
Ich gehöre nicht zu ihnen.

Die Mädchen aus meiner Gruppe haben
Kultur-Beutel aus Leder.
Und Bürsten aus Holz für ihr feines Haar.
Sie haben Barbiepuppen und Lippenstifte.
Obwohl das Schminken verboten ist.

Die Eltern von ihnen sind Ärzte und Apotheker.
Oder Hotelbesitzer und Bau-Unternehmer.

In der Schule müssen wir den Beruf des Vaters nennen.
Meine Schwester sagt bestimmt:
„Den kenne ich nicht."
Aber ich.
Ich sage: „Bau-Hilfsarbeiter".

Die Mädchen aus meiner Klasse drehen sich
zu mir um.

Sie sehen mich an wie einen Pickel.

Genauso widerlich finde ich ihre Barbiepuppen.
Nichts daran ist zum Liebhaben.
Weil es gar keine Puppen sind.

Die Beine sind dünn wie bei Kindern.
Das Gesicht sieht aus wie das von Bambi.
Aber was macht der Busen unterm Bambi-Gesicht?
Über dem Bauch von einer Frau, die gar keine ist.

Im Mülleimer lag einmal eine Barbie.
Halbnackt.
Das Kleid war hoch gerutscht.
Das sah aus wie verwahrloste Liebe.
Wie Restmüll.

Eins von den Mädchen hat eine superteure Barbie.
Mit langen, blonden Haaren.
Die kann man kürzer oder länger machen.
Am Bauch ist dafür ein Knopf.
Da drückt man drauf.
Kurz, lang, lang, kurz.

Die Mädchen aus meiner Gruppe spielen nebenan.
Ich hole die Barbie von der Fensterbank.
Die superteure Barbiepuppe.
Ich hasse sie!

Ich drücke auf den Knopf.
Ich ziehe an den Haaren.
Sie werden immer länger.
Ich ziehe weiter.

Die Haare kommen aus dem Kopf heraus.
Stopp!
Etwas macht *stopp* in meiner Hand.
Doch ich ziehe weiter. Noch weiter!

Aus dem Kopf kommt jetzt eine Gummi-Kugel.
Mit den Haaren daran.
Im Kopf bleibt ein großes Loch zurück.

Ich lege die Barbie auf die Fensterbank.
Und daneben die Gummi-Kugel.
Mit den Haaren.

Dann gehe ich ins Lesezimmer nebenan.
Ich nehme mein Buch in die Hand.
Ich höre, wie das Mädchen schreit.
Ich höre, wie sie weint.
Und wie sie nach der Nonne ruft.

Das ist mir egal.
So was von scheißegal.
Ich lese einfach weiter.
Meine Hände sind kalt.

Wut

Im Aufenthalts-Raum hängen Pferdebilder.
Die Mädchen haben sie aufgehängt.
Entweder reden die Mädchen über ihre Barbies,
oder sie reden über Pferde.

Ich spiele nicht mehr mit Puppen.
Ich will nicht spielen.
Ich weigere mich, Vater, Mutter, Kind zu sein.

Ich hasse auch Gesellschafts-Spiele.
Ich ertrage es nicht, zu verlieren.

„Sitzenbleiber, Kartoffelreiber!"
Immer ist das in meinen Ohren.
Immer höre ich das in meinem Kopf.
Wenn ich verliere,
packt mich die Wut.

So ist es auch diesmal:
Ich werfe das Spielbrett vom Tisch.
Ich schmeiße die Spielsteine durch den Raum.
Schreiend laufen die Mädchen auseinander.
Die Nonne kommt auf mich zu.
Immer näher!
Sie hebt ihre Hände.
Ich packe den Stuhl.

Ich drohe ihr damit.
Als sie mich anfasst,
trete ich zu.

Ich werde aus dem Raum entfernt.
Eine Nonne zieht mich durch dunkle Gänge.
Sie schiebt mich in ein Zimmer.
In einen kleinen Raum.

Die Nonne sagt:
„Du musst dich der Gemeinschaft anpassen.
Denk darüber nach!"
Dann geht sie raus und schließt die Tür ab.

In dem Raum steht nur ein Tisch.
Davor ein Stuhl.

An der Wand hängt ein Bild.
Kind mit Taube steht darunter.
Und der Name des Malers:
Pablo Picasso.

Das Kind auf dem Bild spielt nicht.
Obwohl neben ihm ein Ball liegt.
Das Kind guckt mich an.
Es hat ganz traurige Augen.
Es trägt ein weißes Kleid.
Und in den Händen hält es eine weiße Taube.

Das Kind drückt den Vogel an seine Brust.
Ein Herz schlägt an dem anderen.
Das Kind wärmt den Vogel.
Der Vogel wärmt das Kind.

Ich setze mich an den Tisch.
Das Holz ist dunkel und glatt.
Ich lege meinen Kopf in meine Arme.
Ich rieche an dem Holz.
Ich streiche darüber.
Ich suche nach dem Geruch von Zuhause.

Heidi

Eines Tages liegt ein Buch auf meinem
Nachttisch.
Ich weiß nicht, wer es da hingelegt hat.
Das Buch heißt: Heidi.

Die ganze Geschichte spielt in den
Schweizer Bergen.
In den Alpen.
Da wohnt diese Heidi.

Die Beschreibung von den Bergen
interessiert mich nicht.
Aber die Geschichte mit Klara.
Die finde ich spannend.
Auch wenn es eigentlich um diese Heidi geht.

Klara kommt auf Besuch in die Schweiz.
Da kommen Heidi und Klara zusammen.

Aber das Spannende ist:
Klara ist gelähmt.
An beiden Beinen.
Sie kann nicht aufstehen oder gehen oder rennen.
Deshalb sitzt sie im Rollstuhl.
Sie wird auf die Bergwiesen geschoben.
Wegen der frischen Luft.

Klara kann da nicht weg.
Sie kann nicht mal eben einkaufen.
Oder weglaufen.
Genauso wenig wie ich.

Aber es gibt einen Unterschied:
Ich kann wenigstens meine Beine bewegen.
Und ich könnte ja weglaufen.
Im Prinzip jedenfalls.
Wenn ich wollte.
Wenn ich den Mut dazu hätte.
Oder das Geld.
Aber diese Klara kann das gar nicht.
Weil ihre Beine so gut wie tot sind.

Klara hat lebenslänglich in den Beinen.
Das muss noch schlimmer sein als Schule.
Schlimmer als Internat.
Schlimmer als irgendwas auf der Welt.

Schwester Anna

Schwester Anna beobachtet mich.
Das merke ich schon seit einiger Zeit.
Sie bringt mir immer frische Bettwäsche.

Alle zwei Wochen werden die Betten neu bezogen.
Normalerweise.
Aber Schwester Anna bringt mir fast täglich
neue Wäsche.

Sie kommt in meine Zelle.
Sie zieht das Bett ab.
Dabei guckt sie auf das Buch.
Auf das Buch, das auf meinem Nachttisch liegt.

Sie legt ein frisches Bett-Tuch auf.
Ich helfe ihr dabei.
Aber ich mag sie nicht ansehen.
Ich schäme mich.
Weil es in meiner Zelle nach Pisse riecht.
Weil die Matratze stinkt.
Weil ich nachts in mein Bett mache.
Wie ein Baby.

Schwester Anna sagt:
„Weißt du:
Die meisten Kinder weinen mit den Augen.

Aber es gibt Kinder, die weinen auf andere Art.
Damit es niemand sieht, dass sie traurig sind.
So wie du."

Schwester Anna steckt das Bett-Tuch fest um
die Matratze.
Dann geht sie raus.
Ohne mich anzusehen.
Und das ist gut so.
Ich bin ihr unendlich dankbar.

Kranken-Station

Ich habe mir mit einer Nagelfeile ein A
in die Hand geritzt.
Auf dem Rücken von meiner linken Hand
ist jetzt ein A.

Es hat nicht wehgetan.
Weil ich das A so wollte.

Aber es hat sich entzündet.
Das A eitert.

Erst war es nur rot.
Dann gelb.
Fast grün.
Dann feucht.
Und immer feuchter.
Und jetzt tut es sehr weh.

Zum ersten Mal komme ich auf die Kranken-Station.
Die Arzt-Nonne guckt sich das A an.
Sie reibt es mit einer Flüssigkeit ein.
Sie gibt mir ein Medikament.
In zwei Tagen soll ich wiederkommen.

Sie fragt nicht, warum ich das getan habe.
Das tut verdammt gut.

Wochenende

An einem Wochenende dürfen die Mädchen
nach Hause fahren.
Am Wochenende darauf dürfen sie
Besuch bekommen.
Ein Wochenende hier, mit Besuch.
Ein Wochenende weg, ab nach Hause!

Für mich spielt das keine Rolle.
Ich fahre nicht nach Hause.
Und ich bekomme keinen Besuch.

„Ich muss arbeiten",
sagt meine Mutter am Telefon.
„Und die Fahrt ist zu teuer",
sagt sie schnell hinterher.

Und weil die Fahrt so teuer ist,
und weil sie so viel arbeiten muss,
deshalb kann sie auch nicht hierher kommen.

Meiner Schwester ist das egal.
Sie fährt mit einem Mädchen aus ihrer Gruppe mit.
Die Großen dürfen das. Wir Kleinen nicht.

Es gibt auch kein Mädchen,
das mich mitnehmen würde.

Und es gibt kein Mädchen,
mit dem ich mitfahren würde.

An den Wochenenden bleibe ich hier.
Manchmal mit zwei anderen Kindern,
manchmal mit vier oder sechs Kindern.
Alle sind aus verschiedenen Gruppen.
Ich kenne sie nicht.
Umso besser.
Dann muss ich nicht reden.

Im Refektorium sitzen wir an einem Tisch.
Es gibt Früchtetee aus Metall-Kannen.
Tee für die Rest-Kinder.

In meiner Zelle kann ich nicht einschlafen.
Kein anderes Kind atmet.
Kein Kind geht zum Klo.
Kein Kind flüstert.
Keiner ist da.
Nur ich.

Ich liege in diesem gott-verdammten
Schlafsaal für 30 Kinder.
Allein!

Ich hasse Früchtetee.
Ich hasse diese Zellen.

Diese dunklen Gänge.
Dieses Kloster.
Ich hasse die Eltern von den anderen Kindern.
Ich hasse meine Schwester, die bald weggehen wird.
Nein, ich hasse sie nicht!

Ich heule.
Aber ich heule nicht aus Angst.
Nicht mehr.
Hier im Kloster ist die Angst
immer kleiner geworden.
Vielleicht, weil die Nonnen so leise sind.
Ich heule aus Wut.
Aus Wut und Hass auf die Welt.

Und ich schwöre mir:
Ich pisse nie wieder in diese Matratze!
Ich werde nie wieder in irgendwelche
Matratzen pissen!

Geld

Alle Mädchen haben Geld. Taschengeld.
Die Eltern sollen ihnen nicht zu viel geben.
Damit kein Neid entsteht.
Aber die Eltern geben immer zu viel.
Um ihr Gewissen zu beruhigen.
Weil sie ihre Kinder ins Internat abgeschoben haben.

Unsere Mutter hat uns nicht abgeschoben.
Sie hatte einfach keine Wahl.
Kein Geld.
Keine Zeit.
Keine Kraft mehr.

Ich habe kein Taschengeld.
Kein Geld für Klamotten.
Kein Geld für Hefte.
Nicht mal für Seife.

Die Nonnen nähen Sachen für mich.
Die Älteren schenken mir getragene Kleidung.
Ich tue allen leid.
Das macht es noch schlimmer!

Schwester Anna sagt:
„Du könntest im Dorf arbeiten.
Dann verdienst du dir Geld."

Für die Arbeit bekomme ich Ausgang.
Jeden Tag von 14.00 bis 16.00 Uhr.
Zum Silentium muss ich pünktlich zurück sein.

Montags und freitags putze ich bei einer Familie.
Besser gesagt: Bei einer Familie mit Backstube.

Alles ist voll Mehlstaub.
Denn die Bäcker laufen durch das ganze Haus.
Von unten nach oben.
Von oben nach unten.
Alles klebt von Zucker und Mehl.
Aber ich liebe den Duft von der warmen Hefe.
Und den Duft von frischem Kuchen.
Bäcker riechen wie die Sonntage zuhause.
Damals.
Als alles noch gut war.

Dienstags und mittwochs arbeite ich im Burghotel.
Manchmal als Zimmermädchen.
Meistens in der Spülküche.

Ich spüle Teller und Töpfe ab:
Reste von Rehrücken oder Hasenbraten,
von Rindersteak oder Lachspasteten.

Alles landet im Schweine-Eimer.
Alles wird zu einem Brei.

Zum Fressen für die Schweine.

Wir tragen die Eimer zu den Abfalltonnen.
Wir kippen die Reste in den Restebrei.

Das ist eklig.
Aber so ist es: das Leben.
Dafür bekomme ich mein eigenes Geld!

Der Brief

Ich schreibe meiner Mutter einen Brief.
Ich habe schönes Briefpapier gekauft.
Von meinem ersten eigenen Geld.

Ich wasche mir die Hände.
Damit es keine fettigen Flecken gibt auf dem Papier.

Ich male Verzierungen auf das Blatt.
Blumen und Girlanden.
Auch eine Kette aus roten Herzen.

Mit Bleistift ziehe ich dünne Linien.
Damit alle Zeilen schön gerade sind.
Meine Mutter soll sich daran erfreuen.
Wie an einem schönen Bild.

Ein paar Tage später bekomme ich Post.
Sie hat mir den Brief zurückgeschickt.
Alle Fehler hat sie rot angestrichen.
Und unter den Brief hat sie geschrieben:

Du machst zu viele Fehler.
Streng dich mehr an!
Ich muss jetzt zur Arbeit.
Mama

Ich falte den Brief ganz langsam zusammen.
Ich muss schlucken.
Gegen die Tränen.
Ich brauche Luft.
Ich laufe nach draußen.
Nach draußen,
in den Klostergarten.

Auf der Wiese pflücke ich frisches Gras.
Ich pflücke nicht.
Ich reiße die Halme ab.
Erst zornig.
Dann langsamer.
Weil ich ruhiger werde.
Vom Duft der Blumen,
von der Farbe der Wiese.

Dann schleiche ich mich in den Schlafsaal hinein.
Tagsüber haben wir da nichts zu suchen.

Ich setze mich auf mein Bett.
Ich ziehe die Schublade vom Nachtschrank auf.
Aus der Schublade nehme ich das alte Gras.
Und lege das frische hinein.

Vorsichtig setze ich die Schnecke darauf.
Meine Schnecke.
Meine Schnecke, die ich in meinem Nachttisch halte.

Sie wohnt bei mir.
Und ich bei ihr.
Wir reden.
Sie hört mir zu.
Meine Schnecke ist ruhig.
Meine Schnecke versteht mich.
Das weiß ich genau.
Ich bin für sie da.
Wie das Kind für die Taube.
Und wie die Taube für das Kind.
Auf dem Bild von Picasso.

Schwester Anna sagt zur Putz-Nonne:
„Wunder dich nicht über Zelle vier.
Das Kind macht gerade einen Versuch.
Für den Biologie-Unterricht.
Lass die Schublade so, wie sie ist.
Du brauchst sie nicht sauber zu machen."

Der Spiegel

Ein Mädchen bringt manchmal Rezepte mit.
Ihr Vater ist Arzt.
Rezepte für die Mädchen, am Tisch von
meiner Schwester.
Rezepte für die Pille,
für die Pille gegen das Kinderkriegen.

Die Arzt-Tochter ist deshalb beliebt.
Bei den Großen.
Sie geben ihr dafür Zigaretten.
Oder einen Lippenstift.

Ich weiß, wo das Mädchen den
Lippenstift versteckt.

Ich warte, bis alle im Speisesaal sind.
Dann stehle ich den Stift aus ihrer Tasche.

Ich gehe in den Waschraum.
Ich schminke mir die Lippen.
Es ist das erste Mal,
dass ich mich schminke.
Meine Finger zittern.
Ich bin aufgeregt.

Ich ziehe den Stift über meinen Mund.

Ich sehe mich im Spiegel.
Ich sehe jetzt ganz anders aus.
Ich küsse den Spiegel.
Mit offenen Lippen.
Ich berühre mit der Zunge das kalte Glas.
Es ist, als ob ich mich selber küsse.
Das Rot zerfließt.
Wie Blut auf dem Spiegel.
Wie warmes, weiches Blut.

Schnell wickel ich den Stift in Klopapier.
Werfe alles zusammen in die Toilette.
Ich wasche mein Gesicht und laufe nach unten.
Geschafft!
Ich bin noch pünktlich im Speisesaal.

Die Arzt-Tochter ist wütend.
Weil ihr Lippenstift weg ist.
Weil sie ihn sucht und nirgendwo findet.
Weil sie weiß, dass jemand ihn gestohlen hat.
Aber sie kann sich nicht bei den
Nonnen beschweren.
Denn Schminken ist verboten.

Die Taschenlampe

Nach dem Essen drückt mir meine Schwester
etwas in die Hand.
„Hier Kleene, damit kannst du nachts lesen."

In meiner Hand liegt eine Taschenlampe.
Ich will meine Schwester umarmen.

Aber sie läuft weg.
Wie vor alten, schweren Erinnerungen.
Dafür bewundere ich sie.
Wie sie Gefühle verstecken kann.

Vielleicht ist sie anders, wenn sie liest.
Beim Lesen muss man kein Held sein.
Beim Lesen kann man sein, wie man ist.
Wie man wirklich ist.
Merkt ja keiner,
wenn man berührt ist von einer Geschichte.

Beim Lesen muss man Gefühle nicht verstecken.
Vielleicht hat meine Schwester mir deshalb die
Taschenlampe gegeben?
Vielleicht macht sie sich Sorgen.
Um mich?

Dabei geht es in der Schule inzwischen viel besser.

Schwester Anna hat mich nämlich im
Silentium beobachtet:
Wie ich über meinen Heften sitze.
Wie ich in die Luft starre.
Und wie ich in der Luft vergeblich
nach Lösungen suche.
Aber in der Luft tanzt immer nur der Staub.

Schwester Anna hat zu mir gesagt:
„Du brauchst einfach nur einen roten Faden.
Ich werde dir dabei helfen."

Seitdem gibt mir Schwester Anna Einzel-Unterricht.
Zum ersten Mal in meinem Leben bekomme ich
Einzel-Unterricht. So wie die Reichen.

So wie Helen Keller,
aus dem neuen Buch auf meinem Nachttisch.
Ich bin sicher:
Schwester Anna hat es dorthin gelegt.
Ich könnte wetten: Es ist Schwester Anna,
die mich mit Büchern versorgt.

Helen Keller kommt als ganz gesundes Kind
auf die Welt.
Aber eines Tages wird sie schwer krank:
Sie hat eine Entzündung im Gehirn,
eine Hirnhaut-Entzündung.

Die Entzündung wird zwar geheilt.
Aber Helen ist danach blind.
Und auch taub.
Und fast ganz stumm.
Der Helen geht es noch schlechter als Klara aus Heidi!

Klara kann wenigstens hören.
Und sprechen.
Auch wenn die Beine nichts mehr können.
Klara kann singen, und sogar Klavier spielen.

Klara kann mit ihren Augen die Berge sehen.
Und die ganze Welt.
Aber diese Helen Keller.
Die lebt in einem schwarzen Loch.
Ohne Bilder.
Ohne Licht.
Ohne Töne und Stimmen.
Ohne die eigene Stimme sogar.

Manchmal ist es ja ganz gut,
wenn man nicht alles hört.
Vor allem damals, zu Hause.
Da hätte ich vieles gar nicht mitbekommen.
Wenn ich taub gewesen wäre.
Ich hätte einfach vor mich hingemalt.
Oder in Ruhe geschlafen.
Ohne diese dumpfen Geräusche zu hören.

Aber gar nichts mitbekommen?
Gar nichts hören?
Gar nichts verstehen?
Das macht einen doch unsicher.
Und wütend.
So wie diese Helen Keller.
Die oft tobt und schreit und zornig ist.

Der Schlafsaal ist dunkel.
Ich will wissen, wie die Geschichte weitergeht.
Ich lese heimlich unter der Decke.
Mit der Taschenlampe.

Ich ziehe die Decke ganz fest über den Kopf.
Zwischendurch tauche ich auf.
Wie aus tiefem Wasser.
Um Luft zu holen.
Das Licht darf nicht durch die Decke leuchten.
Die dürfen mich auf keinen Fall beim Lesen erwischen!
Aber ich will auch nicht lebendig im Bett ersticken.

Die Schuhe der Nacht-Schwester quietschen.
Sie läuft ihre Runde um alle Zellen.
Ich muss vorsichtig sein.
Ich höre auf zu atmen.

Plötzlich bleibt die Nacht-Schwester stehen.
Direkt vor meiner Zelle.

Ich verstecke schnell die Lampe unter der Matratze.
Der Vorhang wird geöffnet.

Eine Stimme flüstert:
„Du kannst sogar im Dunklen lesen.
Helen kann das nicht einmal mit Taschenlampe.
Vergiss nicht zu schlafen!
Und vergiss nicht,
was du alles kannst!"

Schwester Anna zieht den Vorhang zu.
Ich höre, wie sie weitergeht.

Lernen

In dieser Nacht lese ich nicht weiter.
Weil ich mir alles aufzähle, was ich kann.
Und weil ich mir alles aufzähle,
was ich könnte.
Alles, was ich noch lernen könnte.

Ich kann alleine aufstehen.
Ich kann mich selber waschen und anziehen.
Ich kann essen und schlucken.
Ich kann gehen.

Sogar in den Alpen könnte ich rumklettern.
Wenn ich da mal eines Tages hinkomme.

Mit meinen Augen kann ich sehen.
Berge und Meere.
Auch wenn ich sie nur aus den Büchern kenne.

Mit meinen Ohren kann ich hören.
Mozart und seine *Kleine Nacht-Musik*.
Sonntags werden wir mit Mozart geweckt.
Oder mit Bach oder Händel.
Sonntags läuten die Glocken.
Ich höre sie so gerne.
Ich *kann* sie hören.
Helen nicht.

Ich kann Leute anschreien.
Mit meiner eigenen Stimme.
Wenn ich sauer bin.
Helen nicht.

Helen Keller kann nur schlagen.
Wenn sie wütend ist.
Ich kann mit meiner Stimme um Hilfe rufen.
Wenn ich sie mal brauchen sollte.
Helen nicht.

Ich kann malen und schöne Briefe schreiben.
Auch wenn meine Mutter das nicht richtig versteht.
Ich liebe das Malen.
Das Lesen.
Und das Schreiben.
Jetzt, wo es wieder besser geht.
In der Schule.

Wenn ich lese,
kann ich die Schweizer Berge sehen.
Wenn ich lese,
kann ich die Wiesen riechen.
Wenn ich lese,
sitze ich neben Klara am Klavier.
Oder ich laufe mit Heidi barfuß durchs Gras.
Ich bin in der Schweiz oder bei Helen im Haus.
Obwohl ich in meiner Zelle liege.

Wenn ich lese,
spüre ich die dunkle Welt von Helen.
Wie damals im dunklen Badezimmer.

Wenn ich lese,
dann freue ich mich zusammen mit Helen.
Als ihre Lehrerin ihr das Wort *Wasser* in die Hand
schreibt.
Und als Helen begreift, dass *Wasser* auch ein Wort ist.
Da muss ich heulen.
Vor Freude.
Als Helen zum ersten Mal versteht:
Alles auf der Welt gibt es auch als Wort.

Und Wörter kann man lernen.
Und mit den Wörtern kann man die Welt
kennen lernen.
Und sich die Welt erobern.
Auch wenn man andere Sachen nicht kann:
Nicht gehen.
Oder nicht hören.
Nicht sehen.
Oder nichts sagen.
Oder an nichts Gutes glauben.
So wie ich.

Und dann liest man so was:
Diese Geschichte von Helen.

Und man denkt darüber nach.
Und schläft darüber ein.
Ganz tief und fast glücklich.

Am nächsten Morgen sitze ich im Unterricht
und höre zu.
Als ob ich meine eigene Taubheit und Blindheit
abgelegt hätte.

Theater

In der Mittelstufe dürfen wir uns ein Abo für das
Stadt-Theater kaufen.

Alle Mädchen wollen ein Theater-Abo.
Denn das heißt:
Mit dem Bus geht es in die Stadt.
Und in der Stadt sind die Jungs.

Die Mädchen hauen ab, in der Theater-Pause.
Und kommen erst zum Ende zurück.
Kurz vor der Rückfahrt.
Das ist natürlich verboten.
Aber es macht Spaß.

Ein Abo ist teuer.
Doch ich kann es mir leisten.

Ich kaufe mir inzwischen auch meine
eigenen Klamotten.
Die Nonnen brauchen mir nichts mehr zu nähen.
Die Großen brauchen mir nichts mehr zu schenken.

Ich habe Geld.
Obwohl ich keine Schweine-Eimer mehr schleppe.
Obwohl ich nicht mehr putze.
Obwohl ich keine Töpfe mehr spüle.

Obwohl ich keine Betten mehr beziehe.
Und das kam so:

An einem Sonntag ruft mich Schwester Anna
zu sich.

„Ich möchte dich etwas fragen", sagt sie zu mir.
„Eine von den Kleinen hat Probleme in der Schule.
In Englisch. Und in Deutsch.
Vielleicht kannst du ihr ein wenig helfen?
Natürlich gegen Geld.
Die Eltern bezahlen."

Ich sehe Schwester Anna erstaunt an.
Ich?
Ich und helfen?

„Du bist gut in beiden Fächern.
Was die Kleinen lernen müssen,
hast du längst gelernt.
Und noch viel mehr.
Versuch es doch einfach!"

Seitdem gebe ich Einzel-Unterricht.
Seitdem verdiene ich mein Geld mit Nachhilfe
für die Kleinen.
Ich: Kartoffelreiber!
Ich: Sitzenbleiber!

Mit meinem Abo in der Hand betrete ich
das Theater.
Alle Mädchen haben sich schick gemacht.
Abend-Garderobe:
Lange, schwarze Kleider.
Samtjäckchen.
Schuhe mit hohen Absätzen.
Perlenketten.
Silberne Ohrringe.

Für Ketten und Ohrringe reicht es bei mir noch nicht.
Aber ich trage ein Kleid aus schwarzer Spitze.
An den Ärmeln schimmert die Haut hindurch.

Meine Haare habe ich hoch gesteckt.
Meine Lippen sind rot wie rote Kirschen.
Von meinem ersten eigenen Lippenstift.
Für das Theater dürfen wir uns endlich schminken.
Ich bin schön.

Ein Gong ertönt.
Das Stück beginnt:
Warten auf Godot heißt das Theater-Stück.

Zwei arme Schlucker sind auf der Bühne.
Zwei arme Kerle sind sie.
Ohne Geld und ohne ein Zuhause.
Sie warten auf einen, der heißt Godot.

Godot soll ihnen helfen.
Godot soll sie retten.
Godot soll sie von ihrem Elend erlösen.

Ständig reden die beiden von diesem Godot.
Den sie gar nicht kennen.
Und von dem sie nicht wissen, wann er kommt.
Und ob er überhaupt jemals kommt.
Über nichts anderes reden die beiden.

Die Zuschauer fangen an zu gähnen.
Die Mädchen sehen schon in ihre Taschenspiegel:
Ist die Schminke noch gut?
Sind die Haare noch perfekt?
Ungeduldig warten sie nur auf eins:
auf die Pause!

Auch die Mädchen warten auf ihren Godot.
Auf die Jungs da draußen, vor dem Stadt-Theater.

Einer von ihnen.
Der soll es werden.
Einer von den Jungs.
Der soll es sein:
das Glück auf Erden!

Ich glaube nicht daran.
Jungs sind nicht das Glück auf Erden.

Und Männer schon gar nicht!
Oder Väter!

Außerdem will ich wissen,
wie es ausgeht.
Dieses verdammte, langweilige Theater-Stück.
Nach der Pause gehe ich zurück auf meinen Platz.

Wusste ich es doch:
Von wegen Godot!
Der Typ ist natürlich nicht gekommen.

Und die beiden armen Schlucker?
Die haben sich nicht ein Stück von der Stelle bewegt.
Sitzen da.
Oder stehen da.
Verschwenden ihre Lebenszeit.
Reden und reden und reden.
Und ändern nichts an ihrer Situation.

Das macht mich richtig sauer.
Man müsste den beiden die Köpfe schütteln.
Diesen Vollidioten!
Sie leiden. Und warten.
Und ändern nichts daran.

Abends im Bett denke ich über das
Theater-Stück nach.

Inzwischen habe ich im Internat
ein eigenes Zimmer.
Ein Paradies ist das für mich.
Seitdem kann ich in Ruhe denken.
Nachdenken.
Und schlafen und träumen.

In der Nacht träume ich von den beiden
armen Schluckern.
Und ich träume auch von einem Blatt Papier.
Eine Seite aus einem Buch.
Ich setze mich darauf und fliege davon.
Wie ein Kind auf einem fliegenden Teppich.
Wie ein Papierkind.
So fliege ich davon.

Die beiden da unten winken mir zu.
Lass sie doch warten!
Lass sie doch verrecken!

Deutsch-Stunde

Schwester Anna kann es nicht sein lassen.
Ich bin schon längst in der Mittelstufe.
Aber sie legt mir immer noch Bücher aufs Bett.
Ich bin mir ganz sicher, dass es Schwester Anna ist.

Die Privat-Stunden für die Kleinen machen mir Spaß.

Von wegen begriffsstutzig.
Von wegen nicht mehr zu retten.
Es gibt kein <u>Brett vorm Kopf</u>.

Wer hat sich all diese Begriffe nur ausgedacht?
Wer hat es nötig, Kinder zu beleidigen?
Nur weil sie nicht schnell genug lernen.

Vor mir haben die Kleinen keine Angst.
Warum auch?
Ich sehe, was sie können.
Ich sehe, was sie noch nicht können.
Ich sehe, was sie können müssen.
Ich sehe, was sie verstehen.
Und was sie nicht verstehen.
Ich erkläre es ihnen so.
Oder ich erkläre es ihnen anders.
Das ist wie Brücken bauen.
Das geht ja auch nicht von heute auf morgen.

Ich will jedenfalls nicht,
dass meine Kleinen sitzen bleiben.
Oder dass sie arme Schlucker werden.
Oder Bettpisser.
Oder Lebenszeit-Verschwender.
Deshalb machen mir die Privat-Stunden Spaß.

Seitdem ich nicht mehr putzen muss,
habe ich viel mehr Zeit zum Lesen.
Ich mache es mir im Bett gemütlich.
Ich habe ein neues Buch bekommen.

Diesmal ist es die *Deutsch-Stunde*.
Ein Buch von Siegfried Lenz.
Ich wette, dass es wieder Schwester Anna war,
die mir das Buch aufs Bett gelegt hat.
Wer sollte es sonst sein?

Nach den ersten Seiten ist mir egal,
wer es mir hingelegt hat.

Das Buch hat 500 Seiten.
Ein dicker Roman.
Er spielt ganz oben im Norden.
Im Norden von Deutschland.
In einem Dorf.
In Rugbüll.

In Rugbüll wohnt Siggi.
Siggi versteckt Bilder.
Bilder von seinem Freund.
Seinem Freund, dem Maler.

Bilder von einem Maler,
den die Nazis nicht mögen.
Siggis Vater soll diese Bilder finden.
Denn Siggis Vater ist der Dorf-Polizist.
Siggi hat schreckliche Angst vor seinem Vater.
Und trotzdem versteckt er die Bilder.
Und trotzdem verrät er nichts.

Ich lese und lese.
Mit einer Falte auf der Stirn.
Wie damals meine Schwester.
Meine geliebte große Schwester.
Wo mag sie nur sein?

Seitdem sie weg ist aus dem Internat,
seitdem habe ich nie wieder etwas von ihr gehört.

Die Direktorin

Am nächsten Tag soll ich zur Direktorin kommen.
Direkt nach der Schule.
Noch vor dem Mittagessen.

Die Direktorin leitet beide Schulen:
die Realschule und das Gymnasium.

Ich habe die Direktorin noch nie gesehen.
Nur auf einem Foto in der Zeitung für die Eltern.
Die Zeitung habe ich nie verschickt.
An wen auch?

Auf dem Weg zur Direktorin rast es mir
durch den Kopf:
Was habe ich angestellt?
Was habe ich falsch gemacht?
Wobei haben sie mich erwischt?
Muss ich wieder zurück?
Zurück auf Start?

Panik kommt auf.
Ein alter Film läuft ab. Ein Film von früher:
Der Blaue Brief.
Ich sehe den magenkranken Lehrer vor mir.
Und meine Mutter.
Wie sie bettelt. Um mich.

„Ruhig!", sage ich zu mir selbst.
Ich habe doch gar keine schlechten Zensuren.
Ich habe doch auch gar keine Zeit,
um Blödsinn zu machen.
Und keine Lust dazu.
„Ruhig!", sage ich mir noch einmal.
„Ruhig!"

Mit hoch gezogenen Schultern klopfe ich an die Tür.

„Herein!"
Es sind die immer gleichen Polizisten-Stimmen.
Diese Stimmen von den Vorzimmer-Damen.

Ich trete ein.
Mit gemischten Gefühlen.

„Na, wenigstens pünktlich!",
sagt die Vorzimmer-Dame.
Eigentlich ist sie nur Schulsekretärin.
Aber sie spielt sich auf wie eine Königin.
Sie allein hat hier das Sagen.

„Der 13 Uhr-Termin."
So kündigt sie mich an.
Ich gehe in den Palast hinein.

„Bitte nehmen Sie Platz", sagt die Direktorin.

Ich sehe mich um.
Meint sie mich? Ja, sie meint mich.
Ich setze mich in den weichen Sessel.

Die Direktorin blättert in ihren Papieren.
Wie der Lehrer damals in meiner Schule.

Ich werde nicht betteln! Das schwöre ich mir.
Nicht wie meine Mutter, damals.
Ich werde nicht betteln und bitten.
Und ich weiß auch gar nicht, wofür.

„Ich möchte Ihnen einen Vorschlag machen",
sagt die Direktorin.

Ein Vorschlag ist erst einmal keine Bedrohung.
Deshalb höre ich weiter zu.

„Schwester Anna hat mir gesagt,
dass Sie sehr gut lernen.
Ich habe mir Ihre Hefte angesehen.
Und Ihre Zensuren.
Schwester Anna meint,
Sie könnten auf das Gymnasium wechseln."

Ich bin sprachlos.
Mit allem hatte ich gerechnet.
Aber mit so was nicht.

Was ist denn in Schwester Anna gefahren?
Die Pferde sind wohl mit ihr durchgegangen.
Schwester Anna ist einfach durchgedreht.
Die ist ja völlig verrückt geworden!

„Nach Durchsicht Ihrer Unterlagen",
sagt die Direktorin,
„könnte ich mir einen Wechsel durchaus
vorstellen."

Ich sehe die Direktorin an wie ein Zombie.

Gymnasium?
Das ist für mich außerirdisch.
Nichts von hier.
Nichts von dieser Welt.
Jedenfalls nichts von der Welt,
aus der ich stamme.
Kein Mensch aus unserer Familie,
keiner war jemals auf so einer Schule.
Undenkbar, denke ich nur.

„Es gibt nur ein Problem", sagt die Direktorin.

Eben, dass es undenkbar ist,
denke ich.

„Sie müssen ein Jahr Latein nachholen.

Ein ganzes Jahr Latein.
Wenn Sie jetzt wechseln,
ohne ein Schuljahr zu wiederholen."

Nie wieder in meinem Leben werde ich ein
Jahr wiederholen!

Klara hat auf der Bergwiese wieder laufen gelernt.
Helen ist als Blinde trotzdem
Schriftstellerin geworden.
Siggi hat mutig die Bilder versteckt.
Und wenn die alle so stark sind,
sogar gegen Krankheit und Nazis,
was viel schlimmer ist als Lernen,
dann werde ich ja wohl auch das Gymnasium
schaffen!

Ich sehe die Direktorin an und sage:
„Ich werde es versuchen.
Auch mit dem Latein."

Die Direktorin gibt mir zum Abschied die Hand.
„Schwester Anna wird sich freuen.
Und ich freue mich auch.
Viel Erfolg!"

Auf dem Gang draußen wird mir schlecht.
Viel Erfolg!

Erfolg.
Das Wort passt überhaupt nicht zu mir.
Ich, aufs Gymnasium!
Schon das Wort *Gymnasium* ist heilig.
Jedenfalls in unserer Familie.
Die keine mehr ist.
Also egal.
Nichts ist heilig.

Außer der Himmel, Brot, Bücher und Mut.

Latein

Jeden Tag sitzen wir zusammen.
Jeden Tag nach dem Abendessen.
Oder nachmittags.
Vor dem Silentium.
Wenn ich selber den Kleinen keine Nachhilfe gebe.
Dann sitzen wir zusammen.
Schwester Anna und ich.

Am Anfang verstehe ich gar nichts.
Aber nach und nach begreife ich Latein.
So wie Helen begriffen hat,
dass es Wörter gibt.

Wörter kann man lernen.
Man setzt sie zusammen:
zu Sätzen und Texten,
zu Geschichten,
zu einer Sprache,
zu ganz verschiedenen Sprachen.

Ich lerne immer mehr.
Und es fängt sogar an,
mir Spaß zu machen.

Die Mädchen auf dem Gymnasium,
die sehen mich erst ein wenig neugierig an.

Aber das ist auch alles.
Kein Kichern.
Keine Bemerkungen.
Keine dummen Sprüche.

Eine hat mir in der Pause eine Zigarette angeboten.
Die anderen Mädchen sind dazugekommen.
Wir haben zusammen geraucht.
Wir vom Gymnasium!

Die Entscheidung

Ich rauche nicht viel.
Aber ich stehe gerne auf dem Raucherhügel.
Zusammen mit den Mädchen aus meiner Klasse.

Im Unterricht sprechen wir über einen Satz.
Über einen Satz von einem Franzosen.
Er heißt Arthur Rimbaud.
Er war Dichter.
Sein Vater hat auch die Familie verlassen.
Wie unser Vater.
Er hat einfach alle sitzen gelassen.
Trotzdem ist Rimbaud ein Dichter geworden.

Der Satz heißt auf Französisch:
„Je est un autre."
Der Satz heißt auf Deutsch:
„Ich ist ein anderer."
Das ist doch falsch!
Oder?

Will Rimbaud vielleicht damit sagen:
Andere sind auch so wie ich?
Kann ich mir nicht vorstellen,
dass andere so sind wie ich.

Oder meint er: Ich bleibe nicht immer gleich.

Ich muss nicht immer nur ein- und derselbe sein?
Ich kann auch noch ein ganz anderer werden.
Oder viele andere?
Vielleicht meint er:
In uns steckt viel mehr, als wir denken?

Zwei Nächte lang kann ich nicht schlafen,
wegen diesem Satz.

Ich will die Dinge verstehen können.
Ich will viel mehr wissen von der Welt.
Ich will lernen.
Ganz viel lernen.

Und eins ist für mich klar:
Ich will nach Paris.
So, wie dieser Rimbaud.

Ich will nach Paris,
wo Picasso lebte.
Der Maler von dem Kind mit der weißen Taube.

Ich will raus in die Welt.
Wie meine Schwester.

Noch ein paar Wochen, dann habe ich es geschafft!

Die Feier

Für die Feier ziehen wir uns festlich an.
Ein Tanzsaal wurde extra angemietet.

Ich habe mir einen Hosenanzug gekauft.
Einen Anzug aus Samt.
Er ist so fein.
So vornehm.
Ich streichele den Stoff immer wieder.

Ich habe allen eine Einladung geschickt.
Allen, von denen ich lange nichts mehr gehört habe:
meinem Vater,
meiner Mutter,
meiner Schwester.

Ich habe ihnen die Einladung zu meinem
Abitur geschickt.
Zu meiner großen Feier.
Zu der Feier meines Lebens.

Die Direktorin eröffnet die Zeugnis-Übergabe.
Sie spricht von der Zukunft.
Von Erfolg und Verantwortung.

Ich drehe mich um.
Ich gucke in den Saal.

Die Direktorin sagt,
dass nun ein neuer Lebens-Abschnitt vor uns liegt.
Dass uns die Welt nun offen steht.
Und dass sie stolz ist auf unsere Leistungen.

Ich suche nervös unter den Gesichtern im Saal.
Ich suche, ob sie gekommen sind.
Sie müssen doch kommen!
Sie werden doch kommen!?

Ich suche nach seinen Augen.
Ich suche nach ihren Augen.
Ich finde sie nicht.
Sie sind nicht da.
Ist denn wirklich niemand von ihnen gekommen?
Nein!
Niemand von ihnen ist gekommen!

Jede Schülerin wird aufgerufen.
Auf der Bühne oben wird das Zeugnis überreicht.

Die Schülerinnen strahlen.
Sie lachen in die Kameras hinein.
Von Eltern und Geschwistern umjubelt.

Jetzt wird mein Name aufgerufen.
Ich gehe zur Bühne.

Ich denke an Klara.
Ich denke an Helen.
Ich denke an Siggi.
Ich denke an Rimbaud.
Ich denke an das Kind mit der Taube in der Hand.
Ich denke an meine Schnecke.
Und an Picasso.
Nichts kann mir passieren.
Ich schaffe das schon!

Ich gehe die Stufen zur Bühne hinauf.
Die Direktorin gratuliert mir und lächelt.
Sie übergibt mir das Zeugnis.
Ich kann es kaum glauben.

Kartoffelreiber hat Abitur gemacht!

Ein Blitzlicht leuchtet auf.
Ich gucke in die Menge.
Voller Hoffnung.

Da sitzt sie und winkt.
Sie winkt und lacht.
Und freut sich so sehr.
Als wollte sie tanzen.
Es ist Schwester Anna.

Ich winke ihr mit dem Zeugnis zu.

Nur sie weiß,
wie glücklich und wie traurig ich bin.

Am Mikrofon muss jede Schülerin sagen,
was sie werden will.

Ich gehe zum Mikrofon.
Ich schaue in die Menge.
Dann sage ich:
„Ich gehe nach Paris.
Ich werde dort studieren."

Die Tür des Saals geht leise auf.
Ich kann nur einen Lichtspalt sehen.

„Malerei. Ich werde dort Malerei studieren.
Ich habe einen Platz bekommen."

Jemand setzt sich leise in die Nähe der Tür.

„An der Académie des Beaux Arts.
An der Hochschule der Schönen Künste.
In Paris."

Die Menschen im Saal klatschen.
Alle freuen sich mit mir.
Ich gehe zurück auf meinen Platz.
Dann sind die dran, die nach mir kommen.

Nach zwei Stunden ist alles vorbei.

Jetzt wird gefeiert!
Getanzt und gelacht!
Freiheit!
Party!
Eine Band spielt Musik.

Ich gehe zur Toilette.

„Du! Kleene", sagt plötzlich eine Stimme.
Meine Schwester steht vor mir.
Wie vom Himmel gefallen!

„Ich habe es mal wieder nicht pünktlich geschafft",
sagt sie mit einem Dackelgesicht.
„Aber du warst toll.
Da oben auf der Bühne.
Und jetzt haben wir eine mit Abitur.
In unserer Familie!
Das muss man sich mal vorstellen!
Glückwunsch, Kleene.
Finde ich klasse!"

Ich weiß nicht, ob ich eher pissen oder heulen soll.
Oder lachen.
Oder meine Schwester umarmen und küssen.
Ich bin wie mein eigenes Karussell.

„Und hier ist noch ein Brief",
sagt meine Schwester.
„Und ein Paket."

Dann geht sie nach draußen.
Zum Rauchen.

Ich nehme den Brief.
Ich öffne den Umschlag.
Darin ist eine Karte:

Ich bin stolz auf dich.
Mama

Mein Herz schlägt so schnell.
Meine Schwester steht draußen
und raucht noch immer.

Ich öffne das Paket.
Ich lese die Notiz auf dem Blatt darin.

Mit einem Füller ist wunderschön geschrieben:

Du kannst sie jetzt besser gebrauchen als ich.

Mehr nicht.
Mehr steht da nicht.
Ich bin ratlos.

In das Papier ist etwas Schweres eingewickelt.
Behutsam falte ich das Papier auseinander.

Er hat sie mir geschenkt.
Seine alte Schreibmaschine!

Ankunft

Eine Woche später ist sie in meinem Gepäck.
Papas rote Reise-Schreibmaschine.
Als ich aussteige am *Gare du Nord*.
Am Nordbahnhof von Paris.

Schwester Anna hat mich noch zum
Bahnhof gebracht.
Gestern Abend.
In Deutschland.

„Pass gut auf dich auf!", hat sie gesagt.
Und streicht mir dabei über mein Haar.

Ich muss einsteigen.
Der Schaffner winkt schon ganz nervös.

Ich umarme sie. Ein letztes Mal.
„Danke, dass ich die Schnecke behalten durfte.
Danke für die Bücher.
Danke für alles, Schwester Anna!"

Ich stehe im Zug am offenen Fenster.
Sie drückt mir von draußen ganz fest die Hand.

„Wenn du einmal nicht weiter weißt,
dann lies Bücher!"

„Vergiss das nie!", ruft sie.

Und sie läuft und läuft neben dem fahrenden Zug.

„Oder schreib mir Briefe!", ruft sie.

„Schreib mir Briefe!", schreit sie.
Weil der Zug immer schneller fährt.

Und sie läuft und winkt und sie weint.

Und ich weine und winke.

Bis ich sie nicht mehr sehen kann.

Über Marion Döbert

Marion Döbert wird 1956 in Essen geboren.
Sie studiert an der Universität in Siegen.
Dort macht sie ihr Diplom in
Erziehungs-Wissenschaften.
Und arbeitet dann drei Jahre an der Universität.

Danach unterrichtet sie
an der Volks-Hochschule in Bielefeld
Erwachsene in Lesen und Schreiben.
Sie wird dort Fachbereichs-Leiterin für
Alphabetisierung und Gesundheit.

Mit anderen zusammen gründet sie den
Bundesverband für Alphabetisierung und
Grundbildung e .V.

Der Verband setzt sich für die Interessen von
Menschen ein, die Probleme mit dem Lesen und
Schreiben haben.
Marion Döbert ist über zehn Jahre im Vorstand
des Vereins.

Sie hält Vorträge und schreibt Artikel für Bücher
und Zeitschriften.
Sie spricht in Radio- und Fernseh-Sendungen.

Denn viele Menschen sollen erfahren:
Es gibt über 7 Millionen Erwachsene in
Deutschland, die nicht ausreichend lesen und
schreiben können.

Für ihren Einsatz erhält Marion Döbert 2003 das
Bundes-Verdienst-Kreuz am Bande.
2011 wird sie zur *Botschafterin für Alphabetisierung
und Grundbildung* ausgezeichnet.

Seit 2013 ist Marion Döbert Autorin beim
Spaß am Lesen Verlag.
Für den Verlag schreibt sie bekannte Bücher, Filme
und Dreh-Bücher um in *Einfache Sprache.*
Bisher sind von ihr erschienen:

- *Das Wunder von Bern*
- *Der alte König in seinem Exil*
- *Im Westen nichts Neues*
- *Sophie Scholl – Die letzten Tage*
- *Das Labyrinth der Wörter*

Papierkind ist ihr eigener Roman
in *Einfacher Sprache.*

Wörter-Liste

Seite 10: Engel
Engel sind Boten Gottes.
Sie werden oft mit Flügeln abgebildet.

Seite 11: Micky-Maus-Hefte
Comic-Hefte mit Figuren von dem amerikanischen
Filme-Macher Walt Disney (1901 – 1966)

Seite 16: Hanni und Nanni
Titel einer erfolgreichen Reihe von Jugendbüchern
über die Zwillinge Hanni und Nanni, die in einem
Internat leben; geschrieben von der englischen
Schrift-Stellerin Enid Blyton (1897 – 1968);
Internat: Schule mit Übernachtung und Verpflegung

Seite 22: Fury
Name eines Pferdes; Name einer Fernseh-Serie über
dieses Pferd; im Kinderprogramm vor allem in den
1960er-Jahren sehr beliebt. Der Name *Fury* kommt
aus dem Englischen und heißt *Wut.*

Seite 22: Drafi Deutscher
erfolgreicher deutscher Schlagersänger
(1946 – 2006)

Seite 23: Schultüte
zur Einschulung bekommen Kinder in Deutschland
eine große bunte Tüte mit Süßigkeiten oder kleinen
Geschenken.

Seite 23: Tornister
Schul-Tasche, die man auf dem Rücken trägt

Seite 24: Realschule
weiterführende Schule nach der Grundschule;
Klassen 5 bis 10; mittlerer Schulabschluss

Seite 29: Zwei kleine Italiener
erfolgreicher deutscher Schlager in den
1960er-Jahren; gesungen von dem Schlagerstar
Conny Froboess (geboren 1943); Lied über zwei
italienische Gastarbeiter, die in Deutschland
arbeiten und Heimweh nach Italien haben.

Seite 34: Wienerwald
erste Schnell-Restaurant-Kette in Deutschland, seit
Ende der 1950er-Jahre

Seite 37: verjubeln
Geld ausgeben nach Lust und Laune

Seite 40: begriffsstutzig
nicht schnell genug verstehen, um was es geht

Seite 42: Panik
große Unruhe

Seite 45: Blauer Brief
Brief von der Schule an die Eltern; Warnung, dass die Versetzung des Kindes wahrscheinlich nicht möglich ist. Diese Briefe waren in blauen Umschlägen.

Seite 49: emaillieren
gesprochen: emaljieren. Farbpulver wird auf Metall aufgetragen und im Ofen gebrannt.

Seite 54: Nonne
Frau in einer religiösen Gemeinschaft; lebt meistens in einem Kloster

Seite 55: Pubertät
Übergang von der Kindheit zum Erwachsen-Sein

Seite 55: auf die schiefe Bahn kommen
kriminell werden

Seite 56: Jugend-Amt
Behörde, die für die Rechte von Kindern und Jugendlichen zuständig ist

Seite 57: Schmiere stehen
aufpassen, dass man nicht erwischt wird

Seite 61: Schwester Oberin
oberste Nonne; Leiterin eines Klosters

Seite 61: Schlampe
unordentliche, ungepflegte Frau

Seite 63: Gymnasium
Schulform; Klassen 5 bis 13; führt zum Abitur

Seite 65: Klamotten
Kleidung

Seite 65: C&A
Kaufhaus-Kette, die preiswerte Kleidung verkauft

Seite 65: Kultur-Beutel
Tasche für Gegenstände der Körperpflege

Seite 69: Pablo Picasso
weltberühmter spanischer Maler (1881 – 1973);
Mitbegründer der modernen Malerei

Seite 71: Heidi
sehr bekanntes Jugendbuch von der Schweizer
Schriftstellerin Johanna Spyri (1827 – 1901)

Seite 85: Rezept
Verordnung von einem Arzt. Manche Medikamente
gibt es nur mit Rezept

Seite 88: roter Faden
wissen, wo es lang geht

Seite 88: Helen Keller
taube, blinde und fast stumme amerikanische
Schriftstellerin (1880 – 1968)

Seite 92: Wolfgang Amadeus Mozart
berühmter österreichischer Komponist (1756 – 1791)

Seite 92: Johann Sebastian Bach
berühmter deutscher Komponist und Musiker
(1685 – 1750)

Seite 92: Georg Friedrich Händel
berühmter deutsch-britischer Komponist
(1685 – 1759)

Seite 96: Abo
Abkürzung von Abonnement. Man bezahlt im Voraus
für eine bestimmte Anzahl von Dingen wie zum
Beispiel Zeitungen oder Theater-Besuche.

Seite 98: Warten auf Godot
Theater-Stück (1952) von dem irischen Schriftsteller
Samuel Beckett (1906 – 1989)

Seite 102: Brett vorm Kopf haben
nichts verstehen

Seite 103: Deutsch-Stunde
berühmter Roman von Siegfried Lenz; 1968 zum
ersten Mal veröffentlicht

Seite 104: Siegfried Lenz
bedeutender deutscher Schriftsteller (1926 – 2014)

Seite 104: Nazi
Kurzform von National-Sozialist; Anhänger von Adolf
Hitler

Seite 108: Latein
Sprache der alten Römer; Grundlage für viele andere
Sprachen und Fremdwörter

Seite 113: Arthur Rimbaud
französischer Dichter (1854 – 1891)

Seite 115: Abitur
höchster Schulabschluss. Damit kann man an einer
Universität studieren.

Seite 119: Dackelgesicht
Dackel: Hunderasse; Dackelgesicht: betroffen
aussehen; sich schuldig fühlen